黃易

日月當空

卷十

目次

第一章　一見如故

龍鷹自然而然地晉入魔極之境，在樹與樹間，借飛天神遁之便，鬼魅般移動，往疏林區遙對的另一邊潛去。

原來剛才他一邊竊聽池上樓和花魯的對話，仍不放過河岸眾女活動的情況，當目標明顯的波斯女，近半人在其中一婦引導下，朝林區的西南面悄悄走去，離開河岸，龍鷹曉得機會來了，連忙付諸行動。

對方的暗哨大部分設於疏林區東、西和北的邊緣處，藏於樹上，若有人接近，絕瞞不過他們，但在林內活動，以龍鷹的身手，又有輔助工具，便是如入無人之境。

最後橫過五丈的空間，落到一株大樹去。

眾波斯少女已離小河達十多丈遠，那三十來歲的健婦說了幾句龍鷹聽不懂的話，眾女再走十多步，各自散開，到不同地點蹲下去，不用說是要解手。

龍鷹非禮勿視的閉上眼睛，不住提聚魔功，他已找到目標，此女確比其他女郎高很多，高度最接近她的同伴，亦要矮上她兩寸，就是這個差異，令她仿如鶴立雞群，且身材曼妙，體態動人。心忖崔老猴果然是老江湖，精於選擇。而若非如此，他亦無從入手，即使像崔老猴般認得她那雙美麗眼睛，情況也不容許他去逐一辨認。

龍鷹的聽覺和嗅覺擴展至極限，方圓百多丈的林域，完全在他掌握之下，默默釐定行動的路線。

時機終於到了。

目標女郎長身玉立，整理袍服。龍鷹脫下外袍，以袍服縛到頸項去。

龍鷹一撐樹身，箭矢般穿林過樹，於離地不到半丈許處朝目標射去，在天明前的暗黑裡，只發出少許破風之聲，但全被風吹葉動的沙沙聲掩蓋。

下一刻他已將女郎攔腰抱起。

波斯女郎發出一聲短促的呼叫聲，立被龍鷹的魔氣弄得昏迷過去，他有醫人的豐富經驗，不會令她的身體受到任何損害。

中年婦高聲呼喝。

龍鷹的魔功從丹田直湧往咽喉，模仿猛獸的呼喊，發出如雷轟鳴的咆哮聲，施展彈射，倏忽間已帶著香噴噴的波斯美目女郎，越過二十多丈的空間，出林而去，位置剛好在兩個暗哨間的空位。

左右在樹上把風的敵人，大吃一驚下，目光同往他投來。

龍鷹落到地上，彎身，純憑腳力彈跳，袍服鼓脹飛揚，掩蓋了他的人形，在暗黑裡模擬出野獸衝奔騰躍的動態，在放哨者的失聲驚叫裡，十多個起落，早遠離疏林區，把追出疏林的敵人遠遠拋在後方。

以他的能耐，亦感吃不消，忙立直身體，抱著波斯女郎繞個彎，朝不到十里的于闐城全速奔去。

心叫僥倖。

龍鷹穿窗而入，被驚醒的崔老猴，從床上坐起來，仍未弄清楚是怎麼一回事，龍鷹已將女郎橫放床上。

崔老猴簡直不敢相信眼睛，喜出望外道：「我的老天爺！」

龍鷹道：「是她嗎？」

崔老猴捋起她衣袖，劇震點頭。

龍鷹道：「她快醒過來，但必須由她選擇，如果她要返波斯的家，你必須任她回去，且不可碰她。」

崔老猴斷然點頭，道：「理該如此，否則我與人口販子有何分別？」又擔心的道：「可是我不懂波斯話，如何問她？」

龍鷹苦笑道：「我也幫不上忙，你看著辦好了。現在我還要去救其他人。」

拍拍他肩頭，穿窗而出，離開駱駝王府。此時天色發白，辛苦勞碌的長夜，被白晝替代。

龍鷹領路，朝蘭與他並騎而行，後方是五百精銳戰士，奔出于闐城。

朝蘭擔心的道：「如果對方見勢不妙，以騾馬車結陣頑抗，我們的兵力雖在他們一倍之上，恐怕仍難以討好？」

龍鷹心忖如出現朝蘭說的情況，因怕傷害諸女，確大不利他們。信心十足的道：「長公主憂慮的情況，絕不會出現。首先他們會以爲遇上的是搜索小弟的自己人，其次我還在方向上玩花樣，由於我清楚他們到且末國的路線，會繞個大彎，出現在他們的前方，任對方如何機警，也想不到我們從東面攔截他們，更堅定他們誤會我們是突厥和吐蕃的聯軍的想法。」

朝蘭釋然道：「難怪你要我們全體脫下軍服，竟有此一著。」

龍鷹笑道：「我不但要救回可憐的女子，還要活捉一個人，否則稱不上成功。」

朝蘭甜笑道：「池上樓！對嗎？」

龍鷹大笑道：「長公主聰明伶俐，確是可人兒。」

快馬加鞭，領著于闐戰士，朝西急馳。

翌日正午時分，龍鷹、朝蘭和于闐戰士凱旋而回。池上樓和花魯果如龍鷹所料，誤以為他們是追搜龍鷹、解下軍服的突厥和吐蕃聯軍，見他們封鎖前方去路，沒有戒備的趨前，以為憑花魯的身分，幾句話可使對方讓道，豈知龍鷹等忽然發動，花魯一方立即崩潰，四散逃亡。不單救回全體被販運的各國女子，龍鷹還追擊數十里，打打逃逃的，成功活捉池上樓，卻因顧此失彼，被花魯脫身。

龍鷹當場散掉池上樓的武功，將他交給朝蘭，由她派人押送往神都，自己則先一步溜回于闐城，免給敵人探子認了出來。

回城後他依約定找到崔老猴，見他春風滿面，雙目滿盈興奮之色，大訝道：「波斯女竟肯跟隨你嗎？」

崔老猴一把扯著他，道：「來！我帶恩公你去見她，讓她親口向你證實。」

龍鷹反手將他扯回來，道：「千萬不要提恩公兩字，大家是老朋友。哈！眞想不到，你是如何和她溝通的？」

崔老猴道：「原來在來于闐的悠長旅途上，一直有人教她們說漢語。哈！噢！我實在不該笑，她的身世很可憐，自幼被賣入富家，爲奴爲婢，苦不堪言，更遭主人覬覦美色，幸好主人家有惡妻，將她賣給人口販子，反不幸中見大幸的保持清白。途上人口販子不住以甜言蜜語，述說我們中土的富庶風光，因怕她們自盡，也令她對我們大周國充滿憧憬和希望。哈！她還以爲救她的是我，對我非常感激，又說一直沒忘記我當日渡河時看她的神情，認定我是世上唯一可依賴的人。其他不用說出來吧！」

龍鷹大喜道：「幸運的傢伙，不過你最好給她易容改裝，掩人耳目，便當她眞的給猛獸啣走好了。」

崔老猴道：「這個當然。來！我帶你去見她，她現在一刻鐘也不願離開我。」

龍鷹笑道：「崔兄果然寶刀未老！」

崔老猴老臉一紅，道：「孤男寡女，共處一室，她又喜出望外，感恩圖報，有些事是控制不了的。早上大家都辛苦點，晚上已如魚得水。哈！我以後會待她如珠如寶，你是我們的大恩人。」

龍鷹道：「我不宜見她。明早便起程，我還要去尋我的乖馬兒。」

崔老猴扯著他往店門走，道：「你怎都要抽空去見一個人，他已離王堡出來等待你。」

龍鷹記起來，道：「究竟是何方神聖，因何非見他不可？」

崔老猴扯著他來到街上，放開他道：「他是從吐蕃來的大官，奉命出使塔克拉瑪干周邊諸國，辨析吐蕃的變化，你想弄清楚吐蕃現時的情況，沒有更適合的人選了。」

龍鷹暗吃一驚，止步道：「他曉得我是龍鷹嗎？」

崔老猴沒好氣道：「若不知你是龍鷹，他沒有看你一眼的興趣。勿擔心，他是站在橫空牧野那一方的。」

龍鷹在一間佛寺的靜室，見到名字叫悉薰的吐蕃大官，崔老猴介紹他們認識後，知機的到外面去，讓他們交談說話。

悉薰三十歲許的年紀，文質彬彬，頗有書卷氣，予人好感。

龍鷹以本來面目見他，開門見山道：「為甚麼會發生這種事？」

坐在桌子對面的悉薰正用神打量他，道：「在我們朝廷，一直有主戰與主和兩派。主戰者，認為必須以攻為守，不住朝外擴張，才能保住吐蕃王朝。主和者則認為由於我們獨特的形勢，要保著王朝，只要令內部團結，便穩如泰山，但若連年興兵，不但人民苦不堪言，還因人力和資源始終有限，力有不逮下只會惹來大禍。兩派各有論據，一直相持不下。」

他的漢語字正腔圓，流利順暢，不愧是外交專才。

龍鷹興致盎然，因愈知得多有關吐蕃王朝的事，愈是有利，所謂知己知彼。特別是如能爭取此人成爲內應，好處更大得難以估計。問道：「這個情況，爲何忽然徹底扭轉過來呢？」

「自高宗時期開始，大唐軍一直和吐蕃人開戰，先是助吐谷渾對抗吐蕃軍，至吐谷渾被吐蕃所滅，吐蕃人轉而攻掠大唐的安西四鎮，互有勝敗下，以吐蕃人被逐返高原作結，然後有橫空牧野東來之行。

悉薰徐徐道：「一切要從先王松贊干布說起，他是我們吐蕃王朝的締造者，在先人的基礎上，統一吐蕃的大小部落，結束長期分散的局面，其功業是高原上從來沒出現過的，是我們最偉大的贊普。」

龍鷹終於明白「贊普」的涵義，等於漢人的皇帝。

悉薰續道：「松贊干布深悉形勢，採取和親睦鄰的政策，先後迎娶南面尼波羅的墀尊公主和東北面貴國的文成公主，政策空前成功，還因引進貴國的先進技術和文化，令國家在穩定的情況下得到長足的發展。」

龍鷹對吐蕃的歷史，有基本的認識，點頭同意道：「他的確是高瞻遠矚的明君，文武全才。」

悉薰現出知己相得的神色，歎道：「但人總是難逃一死。松贊干布過世後，由王孫芒松芒贊繼承王位，由於年紀尚幼，政權旁落在大論祿東贊手上。大論等於你們的宰相。」

龍鷹道：「他肯定是主戰派。」

悉薰苦笑道：「正是如此，他把松贊干布一向行之有效的政策扭轉過來，不過他確是雄才大略之士，首先向高原東面青海另一霸主吐谷渾用兵，成功滅掉吐谷渾，盡得其土地子女，國力大增，而自此與貴國間再無緩衝，演變為與貴國間的正面衝突。」

龍鷹乘機試探，道：「閣下是主戰還是主和呢？」

悉薰道：「當時我年紀小，年少氣盛，看著王朝不住強大，當然認同擴張政策，但最後完全改變過來，認識到攻掠別人土地的沉重代價。」

龍鷹心忖不論勝敗，戰爭確是兩敗的蠢事。

悉薰道：「這可分兩方面來說，首先，我被派往地方當官，發覺在連年戰爭下，人民被徵召入伍，又要付重稅，早不勝負荷，有舉家逃亡，避往僻處，更有人上吊自盡，情況慘不忍睹，使我終於醒覺過來。」

龍鷹默默聆聽。

悉薰沉聲道：「於貴國的乾封二年，祿東贊去世，由其子贊悉若多布承襲，贊悉若多布繼續推行乃父方針，分別在青海和崑崙山之北與貴國爭雄鬥勝。到贊悉若多布卒，貴國亦由女帝主政，欽陵承襲大論之位，更是變本加厲，全面擴張，聲勢一時無兩，多次大敗貴國軍隊。就在欽陵聲勢如日中天，貴國安西四鎮盡入他的手上時，主和派預言的情況，終於出現。」

龍鷹心中佩服，悉薰不但深悉形勢，說話條理分明，且說話字裡行間，不時顯現他悲天憫人的胸懷。

如此人物，在中土亦是難得一見。

悉薰沉痛的道：「首先是在戰場上失利，貴國強大的反撲力和後續力，是我們沒想過的，接著是諸佔領國的人民激烈反抗，而在連年戰爭下，我們本身的力量亦從盛轉弱，到最後不但連吃敗仗，還被逐返高原。過去的所有努力，盡付流水。」

稍頓後道：「主和派立即聲勢大盛，此派以橫空牧野爲主，他一向對權臣凌主的情況看不順眼，在他匡扶下，剛滿二十三歲的贊普赤都松，以出獵之名，執殺欽陵在羅娑的黨羽二千人，又領兵討伐欽陵，欽陵的手下不肯隨他反抗，欽陵被逼自殺，結束了欽陵所屬噶爾家族權傾一時的情況。贊普正是在這個情況下，派韋乞力徐尙輾，即是橫空牧野，到貴國修好，因而認識了現在天下無人不懼的鷹爺。」

龍鷹微笑道：「小弟只是浪得虛名，悉薰兄勿要過譽。看現在的情況，主戰派已有死灰復燃之勢。但逆人心者，豈能持久？」

悉薰從容道：「此正爲我的看法。但情況頗爲複雜。事因在清除噶爾家族上，大功臣當然是橫空牧野，可是大王的母后沒廬氏，在此事上亦起了重大作用，所以大王對母后仍非常依賴，不敢有違。便在沒廬氏屬意下，起用沒廬氏的親信大臣岱仁巴農囊札和開桂多囊兩人共任大論之職，大王本力爭以橫空牧野爲大論，卻拗不過沒廬氏，最後只能讓橫空牧野坐上都護之位。那等若貴國兵部的頭子。可是由於征討南詔諸蠻，橫空牧野隨大王出征，便由欽沒晨日暫代。此人正是力主繼續擴張的人，只沒想過他竟敢派人刺殺大王。直至今天，我仍是半信半疑，可是他正爲最大的得益者，別的人都沒這樣孤注一擲的理由。」

龍鷹遂將人口販賣的事說出來，道：「照我看這是突厥人的陰謀，先洩出欽沒晨日透過買賣人口斂大財的消息，令欽沒晨日騎上虎背，不得不鋌而走險，孤注一擲。現在是否由欽沒晨日當上大論？」

悉薰道：「欽沒當然坐上大論之位，但眞正的掌權者是得沒廬氏信任的支清麗，她是只得兩歲的大王的生母，與欽沒晨日一向有姦情。如果不是欽沒晨日掌握軍權，這對姦夫淫婦早被人宰掉。」

龍鷹道：「所以只要能打幾場勝仗，肯定王朝大部分人倒向我們這邊來。」

悉薰道：「正是如此。現在欽沒晨日正用盡手上力量，追殺橫空牧野，鷹爺趕赴高原，是刻不容緩的事。」

龍鷹道：「我明天動身。」

兩人再商議合作和聯繫的細節，談足整個時辰，方各自悄悄離開。

第二章　關隘驚魂

龍鷹策騎愛馬，朝喀拉喀什河疾奔。于闐綠洲下著毛毛細雨，星月無光，大利他隱蔽行藏。

離開于闐城，他展開腳法，到與雪兒分手的地點，還要搜索百里，方尋回樂不思蜀的雪兒，再帶牠回分手點，取出藏起來的馬鞍，然後趕往與崔老猴會合。

雪兒處於顛峰狀態，放開四蹄，坐在馬背上的龍鷹如若騰雲駕霧，暢快至極。出奇地沒有遇上搜索他的敵人，但他當然不敢掉以輕心，估計敵人在連日搜索無功下，只好改變策略，轉而封鎖往高原去的必經之路。

天明前，終於趕到崔老猴的營地。

在喀拉喀什河的西岸，豎起百多個營帳，生起十多個篝火，由崔老猴的二十多個手下，輪番把守營帳外圍。

遠處不時傳來野狼的可怕嗥叫，令人有危機四伏的感覺。

守衛的漢子早得崔老猴吩咐，知他會在這位置加入他們，故對龍鷹的出現不以爲異，領他到崔老猴的帳幕去。

龍鷹將雪兒留在帳外，鑽入營帳，甫入帳便清香盈鼻，崔老猴正爲波斯女郎整理秀髮，女郎別頭朝他瞧來，露出羞澀神色，雖被塗黑了俏臉，扮成個男子模樣，但龍鷹仍看到此女面容極美，秀色可餐，一雙美目更有勾魂攝魄之力，難怪以崔老猴的老練，仍要一見鍾情，神魂顛倒。

崔老猴愛憐地拍拍她香肩，湊到她耳邊吩咐她繼續整妝，女郎柔順的點頭後，崔老猴到一角捧起個瓦盤，偕龍鷹出帳。興奮的道：「眞怕你不能及時趕來，她是不是又乖又聽話呢？」

龍鷹首次從帳內的氣氛裡，感到兩人確是天作之合，年齡的差距完全不成問題，崔老猴固是渴望得此如花美眷，波斯女更需要得到有本事夫君的愛憐。

雪兒朝他們走過來。

四周營帳烏燈黑火，不時傳來鼻鼾聲，顯然各團友仍好夢正酣。

龍鷹欣然道：「老兄確好豔福。」

崔老猴打量雪兒，讚不絕口，又從盤裡掏出預備好的染料，爲雪兒做手腳。龍鷹摟著雪兒馬頸加以安撫，好讓崔老猴有安全的工作環境。

崔老猴忙得團團轉，低聲道：「路上有遇到他們嗎？」

龍鷹道：「不見半個人影。」

崔老猴訝道：「你肯定正走大運，我們便先後遇上三起人，也給搜了三次，他們的主力集中在這區域，入山的一關最危險。」

此時天色漸明，雪兒從黑馬變爲雜上灰色和棕色毛的馬兒。崔老猴來到他身旁，滿意道：「若不是你看著我動手腳，保證連你也沒法認得牠。」

龍鷹仰臉感受著細雨落到臉上去，道：「不怕下雨嗎？」

崔老猴信心十足的道：「十來二十天絕不成問題，以後則很難說。」

接著高叫道：「各方貴客請起來，上路的時間到哩！」

十二天後，他們抵達進入崑崙山的關隘，在兩里許外便看到入口旁設了兩座壘寨，十多組營帳，遍佈兩旁，旗幟飄揚，聲勢浩大，令人望之生畏。

商旅大隊形成近半里的長蛇陣，朝關隘不徐不疾的開去，絕大部分人騎的是刻苦耐勞的騾子，又或以騾子負載各式貨物，只有二十多人騎馬。龍鷹是其中之一，走在崔老猴和波斯女的騾子後。

崔老猴不愧老江湖，樣樣均有一手，將波斯女扮成個中年漢，維肖維妙，又在龍鷹提議下，以就地取材的山草藥，搗成汁液抹遍全身，掩蓋了她的體香。

波斯女只與崔老猴說話，看她神情，便知她對崔老猴非常依戀，確屬異數。

崔老猴墮後少許，到與趕上來的龍鷹並排，欣然道：「幸好守這邊的是老朋友，如果是突厥人，我也沒有把握。」

龍鷹道：「他們會特別優待你嗎？」

崔老猴道：「從中土跟我到吐蕃來的，大部分留在吐蕃做買賣，只有十七個不怕艱苦隨我到于闐來，其他都是中途加入的吐蕃人。試問吐蕃人怎會刁難自己的族人？若是如此，會惹起軒然大波，甚至部族間的衝突。」

稍頓又道：「何況我崔老猴走這條路線數十年，聲譽卓著，又靠送禮帶貨打通高原上下大小關節，未見過的也都聽過崔老猴之名。」

龍鷹好奇問道：「留在吐蕃的人如何返家，遇上事誰照料他們？」

崔老猴傲然道：「此正爲我崔老猴吃得開的原因，我在高原上有肝膽相照的吐蕃拍檔，將人交給他後，自有他照拂。長途跋涉到高原去，又要服藥休息數天，以適應高原的氣候水土，誰也不願匆匆離開，且要到各地搜購貨品，好運返中原發大財，沒有一年半載怎行？我回程時會將他們帶返中原去。」

蹄聲轟鳴，百多騎從關隘馳出，往他們奔來。

商旅大隊二百多人，沒有絲毫恐慌，或許是在多次截查後，變得麻木和習慣。

領頭的小將隔遠打招呼道：「果然是崔老猴，聽到有大隊人馬來，便猜到是你。」

崔老猴拋下一句「送過禮喝過酒的」，便拍騾迎上去。

龍鷹暗中發動魔功，改變體型，又收斂眼神，眨幾眼工夫便成事，自己也感到魔功大有精進。

小將與崔老猴寒暄幾句後，給足崔老猴面子，領著大隊往關隘去。

商旅大隊在指示下，在壘寨前的空地停下來，此處是大綠洲南邊的盡處，關隘內草原被沙石地代替。

龍鷹聽得那小將向崔老猴道：「我必須執行命令，循例檢查，崔老哥勿要見怪。」

崔老猴笑道：「我當然不會讓你爲難，該如何配合你呢？」

小將道：「先著所有人落地，在一旁列隊，上頭派來的人檢查過人貨後，立即放行。

咦！頭子竟親自來呢！小心點！」

十多騎從關隘馳出，領先兩騎其中一人以紅布纏頭，結成帽子般的模樣，非常搶眼。在他旁的年輕吐蕃將領軒昂高大，顧盼自豪，神采飛揚，亦非尋常之輩。

龍鷹心忖幸好將所有可顯示自己身分的東西，例如摺疊弓、袖裡乾坤、飛天神遁等全分散藏到貨物去，否則對方來個搜身，立要無所遁形。

在崔老猴吩咐下，眾商旅慌忙下騾下馬，在一旁列成長長的隊伍，等候檢查。

十多騎轉眼來至隊前的位置，甩鐙下馬，目光灼灼的打量他們。

兩邊各有百騎馳至，隱成包圍之勢。

龍鷹不敢打量對方，瞥一眼便垂頭望地，但已清楚掌握到那包著頭的人，該是來自天竺的高手，此人雙目神光電射，顯示出深湛的武功，高挺的身體予人銅皮鐵骨的硬朗，舉手投足均有近乎完美的味道，該差不了他多少。

崔老猴認識的小將，此時迎上吐蕃年輕將領和那天竺高手，低聲說話，該是向他們報上崔老猴的來龍去脈。

那年輕將領打個手勢，立即擁出百來人，搜索騾和馬的負載物。目的應是看看有沒有暗藏兵器，所以只是摸摸捏捏，而非逐包拆開來看個究竟，但已令龍鷹暗中出了身冷汗。

在現時的情況下，一旦給拆穿身分，是沒法一走了之。

崔老猴被年輕將領召去說話，若非與龍鷹是這般關係，只要告訴年輕將領他在于闐才加入他的商旅大隊，他會立即遭殃。

檢查貨物終於完成，龍鷹慶幸過關時，年輕將領和吐蕃高手沿著大隊緩步而來，目光掃視眾人。

特別是那天竺高手，雙目射出凌厲神色，與他銳目眼神接觸者，莫不立即垂下目光，不敢與他對望。

龍鷹也裝作害怕他的眼神，以變得沒精打采的眼神瞧他一眼後，立即轉望草地。

天竺高手隨年輕將領在他身旁走過後，龍鷹絲毫沒有如釋重負的感覺，因爲對方的氣機仍緊鎖著他，不由心中大懍，不明所以，偏又毫無辦法。

難道對方高明至可看穿自己的僞裝？

到離他近十步遠，天竺高手發動了，倏地後退，接著一個旋身，來到龍鷹面前，一掌往他胸口推來。

年輕將領和伴行的崔老猴反應最快，同時朝龍鷹和天竺高手望過來。由於事起突然，天竺高手的行動又快如電閃，其他人一時間只能瞠目以對，大部分人更不知道有情況發生了。

龍鷹清楚掌握天竺高手雖然來勢洶洶，卻是大有分寸，掌勁含而不發，只是試探性質，心中不驚反喜，裝出張口欲喊的驚惶姿態。天竺高手雙目現出湛藍的異芒，當掌心離他胸膛尺許的距離，忽然變招，改往他喉嚨捏去。

龍鷹差點本能地反擊，又知小不忍則亂大謀，前功盡廢，死命壓下這個誘人的念頭，咽喉已被捏個正著，只要對方稍一用勁，向雨田也要魂歸地府，何況他龍鷹？

年輕將領和手下們，包括驚駭欲絕的崔老猴在內，掉頭走回來。

天竺高手正送入眞氣，遊走龍鷹全身經脈，又迫得龍鷹正面向著他，如電的眼神細審他的眼睛和假面。

年輕將領以吐蕃語道：「烏素大人，這個人有問題嗎？」

天竺高手有點尷尬的收回捏著龍鷹咽喉的手。搖頭道：「我看錯了！只是個不懂武功的普通人。」

年輕將領向龍鷹不好意思的說了聲「對不起」，向崔老猴道：「你們可以起行了。」

龍鷹和崔老猴心中各叫一聲「謝天謝地」，連忙起程過關。

崔老猴不愧旅行的專家，對路途拿捏準確，縱然在關隘處被耽誤近一個時辰，仍在日落前，走畢登山的第一個路段，到達一座山谷內，紮營休息。

龍鷹與崔老猴離開營地，到無人處說話。崔老猴歎道：「那天竺傢伙確是眼力過人，當然我給嚇得差點掉卵蛋。」

龍鷹道：「若他眞的捏碎我的咽喉，包保他避不過我死前的反擊。」

崔老猴打個寒噤道：「幸好沒有發生。眞古怪！他竟查不到你的脈氣與別不同嗎？」

龍鷹胡混過關，道：「他仍沒有那個能耐。」

岔開道：「從這裡到班公錯，要走多少天？」

崔老猴道：「以我們的速度，沒有二十天休想辦到。」

龍鷹道：「會有其他的關卡嗎？」

崔老猴答道：「理該沒有，由此而上是無人的崑崙山區，春夏還好一點，到冬天山路積雪，更是寸步難行。」

接著壓低聲音道：「你想先上路嗎？」

龍鷹道：「行得通嗎？最怕是迷路。」

崔老猴道：「有些路段確很難走，但卻不會迷路，喀拉喀什河從喀喇崑崙山口傾瀉而來，只要認著大河往上去，抵達喀喇崑崙山口，再沿河朝南走，右方是喀喇崑崙大山脈，以你的速度，三天內可抵班公錯。當你見到一個大湖，便成功翻過崑崙山，到吐蕃人的高原。唉！不過要打聽橫空牧野的消息已不容易，要橫過敵人的勢力範圍，尋得橫空牧野現時所在處，更是難比登天。吐蕃高原實在太大哩！」

龍鷹沉吟不語。

崔老猴道：「還是隨我們一道走吧！慢是慢一點，但由我去打聽，會比你方便。」

龍鷹苦笑道：「救急如救火，只好到高原才想辦法。悉薰說過，我老朋友的屬地在吐蕃首都邏些城東北，河川縱橫的眾龍驛，地近青海，我會到那裡去碰運氣。」

崔老猴道：「這是沒有辦法中的辦法。我曉得這個地方，離青海不算近，從邏些城去要走上一個月的路。」

接著向他詳細描述往眾龍驛的路途。

龍鷹用心聆聽，初次認識到高原地形的複雜，超出了他的想像。難怪從來只有吐蕃人去侵略別人，卻罕有人敢去打他們主意。

崔老猴最後道：「愈往上走，愈要小心，更要提防馬兒出情況。聽說古時高原有敵人從南面繞過大山入侵，甫抵高原便有逾千人和馬突然死亡，嚇得敵人以為對方的神祇顯靈，立即退軍。這個情況亦曾多次發生在我的商旅隊裡，我們稱之為高原的惡咒。」

龍鷹點頭道：「我會小心了。記著，不要再理會我的事，早日返中土去，讓波斯美人兒爲你生幾個白白胖胖的兒子。」

崔老猴聞言眉開眼笑，與他欣欣道別，誰都沒想過在金沙江流域結下的一個善緣，會在千山萬水外的異地，開出美麗的奇花。

龍鷹立即冒黑登上征途，施展黑夜奔馬的奇技，視崇山峻嶺如平地般，日夜兼程趕路，遇上山瀑水池，才歇下來休息。

他仿如回到荒山石屋的生活去，忘掉一切，只有雪兒和他相依爲命，無憂無慮。

七天後，終於越過喀喇崑崙山口，攀上高原。

眼前景色一變，一望無際的高原景致，毫無保留地展現眼前。

際此春夏之交，如茵綠草無窮無盡地從雪兒蹄踏處伸展開去，遠接穹蒼，處處是平緩的山丘，高低差別不大，遠方地平處排著一列列的山脈，峰頂積雪。不遠處有兩個相連的大湖，流光溢彩，清麗迷人。湖旁的草原有十多個營帳，白色的羊和黑色的犛牛散佈營帳四周，還有巨型的犬隻在爲主人看守牛羊。

蒼鷹在藍天白雲下，自由自在的盤旋翱翔，大地充盈生氣。

龍鷹目光落在草原南面盡頭起伏連綿的山脈，馳想著萬仞雪峰，高插雲天的壯麗情景。

雪兒跳蹄嘶叫，狀極興奮。

龍鷹跳下馬來，解鞍讓雪兒奔往最接近的草地小河痛快一番。自己則揹起馬鞍，追著雪兒走下山坡。

龍鷹直到這刻，方體會到崔老猴所說的句句金玉良言。在這茫茫高原，要去找某個地方，確非易事。

高原處處隔絕，在另一邊發生的事，在這邊的人可能永遠不會知道。若想避世，高原確是個好地方。

就在此時，蹄聲響起。

龍鷹循聲瞧去，一騎從湖旁營地裡馳出，直往他奔來。

他立即生出感應，不能置信的朝來騎迎去。

第三章　恍如隔世

美麗的女騎士從馬背躍起，不顧一切的往他凌空投來。

龍鷹拋開馬鞍，縱身上躍，將抖顫著的血肉之軀摟個結實，天地頓然改變，再不是以前的樣子，深深被埋藏的分離之苦，對重逢的熱烈盼望，不用壓抑的釋放出來，高原的藍天和壯闊的草原，也隨著他們起舞。

美修娜芙！

尚未落往地上，她已向他獻上情濃如火、熱辣的香吻。

著地，龍鷹兩手貪婪地探入她衣服內，愛撫久違了的動人肉體，毫無隔閡地狂享她身屬自己的迷醉滋味，嗅吸著她誘惑的體香和氣息。

一切是如此有血有肉，不再是記憶淵海裡一個縈牽的倩影。龍鷹扯掉她掩蓋了金髮的彩巾，金光瀑布般散垂下來，在草原的長風下自由飄舞，於夕照下金髮美女仿如剛誕生的秘境女神，令人難以相信世上有如此美麗誘人的仙物。

美修娜芙滿臉熱淚，聲音因過於激動變得嘶啞，忘情的嬌呼道：「我知道我的男人一定會來的，一定會。」

龍鷹逐顆逐顆的吻掉她的淚珠，沉醉在她的肉體上，耳聽她心跳和血脈流動的天籟，感覺著她在他無法無天的魔手下，一陣一陣的抖顫和沒保留的反應，感覺著兩人間沒有止境的愛，更忘掉了時地。此外的一切，再不重要。

帳幕內的黑暗，愛火烈燒後的寧靜平和裡，兩人躺在羊皮氈上，相擁而眠，聽著颳過高原的長風，牛羊傳來的鳴聲。他們便如久旱逢雨、乾柴烈火，重逢後便沒法停下來，男歡女愛，直至這一刻。

龍鷹湊在她耳邊道：「睡一會好嗎？快天亮了。」

美修娜芙嬌癡的道：「捨不得睡去，怕像以前般，醒來時見不著你。」

龍鷹笑道：「放心！以後你醒來時，會發覺給我抱著。」

金髮美人兒獻上香吻，喘息著道：「他們都在擔心，你會因山路被封鎖，沒法到高原來，又怕你恃強硬闖。」

龍鷹在與她瘋狂歡好前，只問過一句話，就是萬仞雨三人是否已成功抵達高原，與他們會合，知悉三人安然無恙後，兩人再沒有說話。一切被高漲的情火慾焰統治。

美修娜芙擔心嗎？」

美修娜芙的美目閃亮著寶石般的光輝，道：「美修娜芙曉得天下間沒人能攔得住她的男人，千軍萬馬也辦不到。」

龍鷹想起被那天竺高手捏著咽喉的窩囊情況，心叫慚愧。問道：「你怎會孤身一人在這裡等我的？」

美修娜芙神氣的道：「我是偷偷溜出來會你，在這裡已等了你三天，再見不著你，我會越過大山去尋你。」

龍鷹暗抹一把冷汗，心叫好險，若自己來遲十天半月，後果不堪想像。道：「你這麼私下開溜，會令王子擔心，再不可以這麼任性。」

美修娜芙笑盈盈的道：「人家早想到會給你罵。要打要罵人家一點不怕，最怕你再不愛美修娜芙，不肯再對人說迷死美修娜芙的情話。我的男人眞本事，一個人弄得以萬計的叛兵和突厥人團團轉，讓萬爺和風公子可脫身到高原來。他們來得眞及時，敵人正攻打我們的戰莊，他們在敵人後方發動，燒掉百多個營帳，令敵人陣勢大亂，還以爲我們有大批援軍殺至。王子乘機率人出城，一下子便衝散了敵人，還追擊百里，令敵人傷亡慘重，倉皇撤退。」

又興奮的道：「萬爺用的是接天轟，殺得對方人仰馬翻，擋者披靡，據他說是屬於你的兵器，人家可想像你用它時的威風。唉！美修娜芙想你想得要死。」

龍鷹輕責道：「不准說『死』這個字。現在王子情況如何？」

美修娜芙喜上眉梢的道：「我們接著又打了幾場勝仗，逼得敵人往邏些城撤回去，全賴你引走了大批敵人，令欽沒晨日一時沒有足夠實力組織另一次攻勢，只可惜我們得數千兵馬，亦不足以反攻邏些城。我就是在情況穩定下來後，又央求不果，才溜出來會你。美修娜芙是懂事的呵！」

龍鷹笑道：「我怎會怪你？住在這裡是哪個族的人？對你很好呵！」

美修娜芙答道：「他們本是象雄國的牧民，被我們吞併後，流散各處，自由自在，只歸屬於高原。曉得人家到這裡等待丈夫，非常熱情。他們很易知足，對外人很好。」

龍鷹道：「路上有遇上敵人嗎？」

美修娜芙道：「到瑪龐湖才首次遇上敵人，給我殺出重圍，以後更小心哩！專挑偏僻處趕路。」

龍鷹皺眉道：「在這裡金子有用嗎？」

美修娜芙道：「要在城鎮才有用。爲何要問這個？」

龍鷹道：「因爲我想補償好客的象雄人。你太易認了，消息傳往欽沒晨日，定猜到你是到這位置會我，象雄人如不立即遠離這區域，後果堪虞。」

美修娜芙道：「我將途上買來的馬匹送他們便足夠哩！對他們來說是珍貴的資產，他們正準備到東方去，以避過冬天的大雪，只是提早兩、三天起行吧！」

龍鷹仍在思索著。

美修娜芙吻他道：「主人在想甚麼？」

龍鷹不悅道：「又叫我做主人？」

美修娜芙嬌媚的道：「人家愛做被你操縱的女奴嘛！」

龍鷹看到她眼睛噴射的情焰，便知她想要甚麼。笑道：「接著還有無數的晚夜，現在當務之急，是著象雄人立即拔營遠遁。若我沒有猜錯，大批敵人正日夜兼程的趕來，其中還有敵人的高手，說不定當中還有天竺人。」

美修娜芙嚇得慾念全消，乖乖起身穿衣，出帳找象雄人說話去。

龍鷹與美修娜芙共坐一騎，朝班公錯的方向奔去。

美修娜芙不解道：「如果眞有敵人追來，我們豈非與他們碰個正著？」

龍鷹微笑道：「正是如此。他們不來找我，我也要去找他們。」

以美修娜芙的大膽任性，仍給嚇了一跳，道：「不是須躲避他們嗎？」

龍鷹吻她臉蛋，胸有成竹的道：「並不是要與他們正面硬撼，只是要他們曉得老子來了，再不用勞師動眾的去尋我。哈！眞爽！」

美修娜芙一頭霧水的問道：「不用封鎖登上高原之路，豈非可把聯軍召回來？足有超過二萬人的軍力呵！」

龍鷹道：「若他們返高原來追殺我，該採哪條路線呢？」

美修娜芙道：「當然是阿爾金山的兵馬道。若從崑崙山這邊來，路途遠上一倍，又窄又難行。」

龍鷹道：「他們還要在冬天下雪前趕回來，必須在三至四個月間完成行軍，定必兼程趕路，沒法好好休息。嘻！我的美人兒，只要想想，每個敵人都累得像我們今早起來出帳時的情況，不用我說出來，美人兒也知在何時何地，對敵人迎頭狠擊吧！」

美修娜芙「呵」的一聲叫起來。

龍鷹忽然改變方向，朝左方一座高丘奔去，道：「讓我們先來個牛刀小試，看看敵人在人疲馬倦之時，對你帶來的兩筒勁箭有何反應？」

龍鷹讓雪兒在兩個丘陵間竄下去的草場休息吃草，卻沒有解下牠的馬鞍。

兩人伏在丘頂一堆亂石處，監視往來班公錯的路線。

龍鷹坐在一塊石上，美修娜芙從後摟貼他，快樂得像隻小鳥兒。

太陽已降至地平邊緣處，散射夕照的餘暉。

龍鷹問道：「天竺高手裡，是否有個叫烏素的人？」

美修娜芙訝道：「你竟見過他嗎？有沒有交手？」見龍鷹搖頭表示尚未交手，續道：「欽沒重金禮聘回來的高手裡，以分別來自吐火羅和天竺的兩批高手最出色，而吐火羅的覓難天，天竺的烏素和白帝文，更是高手裡的高手，於本國已是雄視一方的超卓人物。哼！如非得這批高手助陣，又有突厥精兵與他聯手，人數雖在我們十倍之上，仍休想攻破我們在邏些城的戰莊，但仍要付出沉重的代價。只是我已宰掉了兩個他們所謂的高手。」

龍鷹可想像當時慘烈的情況。將她摟到身前，坐到腿上，用手挑著她下頷，道：「現時王子手上有多少可用的兵員？」

美修娜芙傲然道：「現在雖只得三千多人，可是王子乃吐蕃人景仰的人物，每過一天，便多些人來支持他。」

龍鷹沉吟道：「這麼說，欽沒必須速戰速決，以免夜長夢多。咦！有人來了！」

美修娜芙朝班公錯的方向望去。

太陽沒入西山之下，無力地染亮小片天空，大地昏沉，不見人蹤。但她對龍鷹的先知先覺，早見怪不怪，耐心的看著。

片刻後塵土大起，百多騎正全速馳來。

龍鷹取出摺疊弓，輕鬆的道：「隊形不整，可知對方人疲馬倦，只是趁天尚未黑齊，多趕點路。」

美修娜芙接過摺疊弓，拿在手上把玩，訝道：「這是甚麼東西？非常精緻。」

龍鷹拍拍她香臀，著她起立，從身旁提起兩個箭筒，交到她手上去，順手取回摺疊弓，好整以暇的道：「來的只是敵人的先頭部隊，不過卻全是一流高手，其中一個該是天竺來的白帝文，因我看到有幾個包著頭巾的人。如此好手，每殺一個便可削弱對方一分實力，沒有更便宜的事哩！」

「錚！」

摺疊弓張開，看得金髮美女目瞪口呆，想不到世間竟有如斯巧器。

看著對方逐漸接近，美修娜芙緊張起來，道：「太遠了！」

龍鷹著她給自己四根箭，夾在指隙間，將其中一支架在弓弦上。輕鬆的道：「遠是遠了點，但仍在我的箭程之內。最重要是即使有人中箭墮馬，仍不曉得箭從哪一個方向射來。哈！」

說到最後兩句，摺疊弓被拉成滿月，「颼」的一聲，勁箭離弦，望黑沉沉的夜空射去，接著另三支箭一支接一支，射上夜空。

「呀！」

慘叫傳來，跟著是另三聲慘叫，神乎其技至極，非是親眼看著，是沒可能相信的。如此角度，又要精確掌握敵人的騎速，已超出了任何神射手的能力。

敵人立時亂成一團，紛紛取出長弓勁箭，往四面八方散開，更有人躍下馬來，伏往地上去，但肯定沒有人曉得發箭者，遠在百五丈外的高處。

龍鷹再射出十多箭，只射失兩支，又有八個敵人慘叫倒地，全是頭頂或面門中箭，立斃當場。

龍鷹收起摺疊弓，道：「果是高手，我們被發現了。」

美修娜芙也看到一個包著頭的天竺人，朝他們如飛掠至，後方跟著十多騎。

龍鷹一把將美修娜芙攔腰抱起，邊痛吻她紅唇，邊奔下山坡，騰身落在迎過來的雪兒馬背上。

雪兒不待他指示，放開四蹄，奔進東面的茫茫黑夜去。

天色漸明。

雪兒仍疾奔不休。昨夜他們進入山區，龍鷹和雪兒合力施展黑夜狂馳的驚天本領，視崎嶇的地勢如平地，跑足一個長夜。

龍鷹喚醒懷內熟睡的美人兒，在她耳邊道：「天亮哩！」

美修娜芙睜開美目，發覺仍坐在馬背上，但平原丘陵已變成窮山幽谷，歡喜的道：「撇掉了敵人嗎？」

龍鷹道：「只可說撇下了騎馬的敵人，仍有人鍥而不捨的遠遠跟著我們。此人該就是那叫白帝文的天竺人，功力遠在其他人之上，此人有韌力，該是長年修瑜伽苦行的高士。」

美修娜芙道：「只得他一個人嗎？」

龍鷹道：「暫時只得他追著我們，其他人遠遠墮後。但只要他沿途弄手腳，可令他那方的人跟在後方，那時若我們停下來歡好，白帝文待夥伴齊集後，可攻我們一個措手不及。」

美修娜芙撒嬌道：「還要提這種事，令你的女人心中燒起一把火。眞討厭，我們埋伏起來，等他送死。」

龍鷹放緩馬速，讓雪兒沿著一道小溪，走下山坡。道：「這是個曾苦練精神奇功的人，要殺他並不容易，誘他踏進陷阱是難之又難。不過仍非沒法可想。哈！幹掉他後，我們便可找個好地方，在光天化日下，幕天蓆地極盡男女之歡。」

美修娜芙大喜道：「有甚麼辦法？」

龍鷹道：「很簡單，你繼續乘雪兒到前方去，找個林木茂密處藏起來，解下雪兒的馬鞍，讓牠好好休息。待你的男人宰掉那天竺傢伙，便來會你，只要騎雪兒走上一天，令敵人再掌握不到我們的行蹤，我們便可以好好享受蒼天的賜與。」

美修娜芙嬌癡的道：「人家不願有片刻離開你呵！」

龍鷹兩手探前，作怪一番，哈哈一笑，彈離馬背，落往遠處的一方大石上，向一臉不依的美修娜芙揮手。

看著人馬逐漸遠去，龍鷹收攝心神，躲在石後，閉上眼睛，不旋踵自然而然地攀上顚峰狀態。

當日他離開神都，做夢也沒想過會遇上這麼意料不到，天翻地覆般的遭遇變化。影響最大是仙門的秘密和輪迴轉世的可能性。幸而吐蕃政變的消息傳來，令他匆匆上路，並改變路線。艱苦的旅程和令他窮於應付的敵人，佔據了他的時間和心神，仙門變成褪了色般的陳年舊夢。

現在終見著自己心愛的金髮美人兒，又知橫空牧野仍然健在，正全面反擊，心神放鬆下來，仙門又像復活了的幽靈，佔據著他腦袋內某一空間，揮之不去。

破風聲進入他比常人靈銳百倍的耳鼓去。

龍鷹曉得白帝文是死定了，如此追趕神驥雪兒，以自己的能耐也要吃不消，何況是白帝文？

而對方最大的失著，是不知自己也感應到他。就如龍鷹的其他敵人，白帝文根本不知面對的是甚麼。

第四章　智破強敵

若不是正處於魔極境界，龍鷹肯定失聲驚呼，從九天之上的仙界，直墜往第十八重的地府。

來的竟不是一個人而是兩個人。

由此可知其中一人一直處於他的感應之外，是更可怕的高手，達到寬玉、法明和席遙的級數，只此人已有足夠殺死自己的能力。

難道隨白帝文來者，竟是吐火羅的超級高手覓難天？只有他方可能更勝白帝文一籌。

思緒電光石火地閃過他腦袋。眼前只有兩個選擇，或打或逃。

覓難天和白帝文已在百丈之內，沿著他們走經的路線掠至，可見他們是追蹤的大行家，絕不會追失。

逃的話，他須立即動身，在給他們趕上前，跳上馬背，與美修娜芙憑雪兒的腳力，落荒而遁。而能否脫身，則是五五之數。以己論人，任雪兒跑得如何快，怎都是背負兩人，又走了整夜的路，若對方盡展身法，在光天化日下，大有可能在短程的速度比拚下，趕上他們。那時他們只要分出一人來纏著他，另一人便可向自己的女人下手，若她被生擒，他龍鷹將陷於死戰的絕局。

眼前的情況，便像當日被法明和莫問常夾擊，分別在既不是早有準備，更沒有花間美女的援手，且事發突然，陣腳大亂。

另一選擇是依策突襲，欺的是對方兩人急追整夜後，眞元耗洩，且到這一刻仍不曉得自己埋伏在暗處。不過以己比人，即使狂奔三天三夜，眞元的損耗仍是有限，而兩個人合起來，這些許的差別，不會令他佔上多少便宜。

一時間，他陷於進退兩難之境。精神反愈趨晶瑩剔透，無有遺漏，雖不以目視，卻能完全掌握兩個可怕敵人的所有動靜。

他必須在敵人發現雪兒因少揹一人，留在小溪旁濕軟泥地的蹄印，從深轉淺前，發動攻擊。如讓對方因蹄印淺了而生出警覺，他的突襲將變爲送上去挨揍。

彈指之間，他已做出最正確的決定，擬好進攻的策略。

一切出乎自然，思感像地底河的水爆湧出沙漠乾旱的地面，倏忽間他的生機和鬥志，攀上前所未有的境界，再無絲毫懼意。

兩大勁敵距他離開雪兒和美修娜芙的位置，已不到二十丈，憑他們的眼力，再眨一下眼時，將發覺蹄印有異。

弓身，雙腳魔勁爆發，從石後斜衝而上，以肉眼也難看清楚的高速，橫越十多丈的空間，朝敵人投去。

白帝文重重疊疊的包著頭巾，年紀當過四十，高鼻深目，臉如火炭，佈滿皺紋，唇下的部位被短髯覆蓋，像個刷子，不高，卻自有一股懾人氣度，深沉斂藏。

另一人體形偉岸，長髮垂肩，背掛長劍，出奇地年輕，該只比龍鷹長上五、六歲，皮膚晶白如玉，五官分明，有從大理石精雕出來的味道，雙目神光電閃，整個人散發一種近乎魔異的魅力，既好看又可怕，活如天上不可一世的下凡神魔。

兩人幾乎同一時間做出反應。

覓難天的目光先一步投在彈射攻來的龍鷹身上，同一時間已拔劍出鞘，騰身撲前，乍看似是斬向空處，事實上卻掌握到龍鷹投向的路線，便如龍鷹送上去給他砍劈那樣。反應的迅捷準確，顯示出比得上法明那級數高手的造詣。

走在覓難天前方兩丈許處的白帝文，是龍鷹突襲的首目標，反應比覓難天遲上一線，猛一扭身，一拳迎龍鷹轟去，另一手做爪狀，伸縮不定，予人藏有厲害後著的威脅。

不論覓難天或白帝文，在驀然受襲下，仍絲毫不露措手不及之象，且立即應對反擊，可知均臻達頂尖高手的級數。

如龍鷹不是身具魔種，現在的行徑等於燈蛾撲火，自取滅亡。

龍鷹魔氣迸發，於離白帝文不到一丈，覓難天則離他丈半之時，氣機已將白帝文鎖緊鎖死，不容他臨時閃避，誓要逼他全力硬拚一招。

兩人同時醒覺龍鷹的策略，但已來不及應變，又是大惑不解。

若龍鷹攻擊的只是白帝文一人，此正爲最正確的策略，在搶得先機的上風下，可能白帝文到被殺死，仍沒法反擊。但是現在龍鷹全力對付白帝文，好像比白帝文更厲害的覓難天並不存在般，便是找死。

龍鷹雙拳從袍袖吐出，向白帝文擊去，覓難天的劍離他已不到一丈，凜冽的劍氣，籠罩對手。

白帝文也是了得，見勢不妙，化爪爲拳，變成以雙拳迎擊，拚著受點傷，務要化去敵手蓄勢以待，又利用沖空而來的勢道，巧妙經營的猛攻突襲。因爲即使功力不差於龍鷹，也難以攖其鋒銳。

龍鷹清楚掌握到白帝文絕不是要和他硬碰硬的對一招，而是在兩拳交接時，會將自己的力道卸往一旁，他則飛身後退，讓從旁殺至的覓難天招呼自己。一旦龍鷹被覓難天緊纏不放，白帝文則回過氣來，誰都曉得龍鷹死期到。

四拳像閃電般相觸前的剎那，異變驟生，龍鷹攻向白帝文的雙拳，再不是拳頭，而是從袖裡射出來，當年「江淮」杜伏威藉之以縱橫天下的左乾右坤，龍鷹重施殺莫問常的故技，卻比之那次更直接有效。

白帝文雙目射出駭然之色，不論時間和應付的方法均拿捏錯誤，但已沒法變招。覓難天也大吃一驚，登時招式變老，但亦像白帝文般沒法改勢應對。

高手之爭，就是這少許的差別。

勁氣爆響。

兩支護臂狠刺白帝文雙拳，尖銳的魔氣透拳而入，如果白帝文用的不是卸勁，反沒傷得那麼厲害，現在卻是畫虎不成反類犬，袖裡乾坤送來的魔勁高度集中，卸無可卸，且是白帝文尚差剎那才功行圓滿，集緊全力前的當兒，白帝文登時慘哼一聲，應擊拋飛，在空中連噴三口鮮血，在任何情況下白帝文也絕不會如此不濟事，可見龍鷹的策略是多麼的成功。

「叮！」

龍鷹就借白帝文反震的力道，釘子般降在小溪旁的泥阜處，先噴出一口鮮血，直擊覓難天面門，又以左乾掃卸對手迎頭劈至的一劍。

覓難天噴出一口氣，吹散龍鷹的「血箭」，心中暗喜，白帝文雖一時失去反擊之力，但龍鷹亦被白帝文的反震所傷，讓他來撿便宜。他不進反退，迴劍護身，只要再爆開劍勢，可將龍鷹捲罩於內，使對手沒有回氣的空間。

「砰！」

白帝文坐倒四丈外一叢草樹裡，差點跌個四腳朝天。

就在這生死繫於一髮的關鍵時刻，龍鷹左乾右坤收回袖內，竟於覓難天回收寶刃護身，再組攻勢前的剎那，旋風般欺近覓難天，閉上雙目向大敵展開凌厲至極，使盡渾身解數，水銀瀉地，無隙不窺的狂攻猛擊，他身體的每個部分，均變成有效的殺人利器。

覓難天來不及吃驚，怎想到對方負傷之下，仍奪得先機，搶佔主攻的高地。無奈下拋掉再難起作用的長劍，改以空手應付龍鷹。

「砰砰嘭嘭」，氣勁交擊之聲響個不停，兩人均以鬼魅般的迅快身法，在方圓丈許之地左閃右移，忽快忽慢，追逐纏鬥。

不片刻覓難天已大吃不消。

原來龍鷹絲毫不理他攻向自己的拳擊、掌劈、肘撞、膝頂和腳掃，只求擊中對方，交手只眨幾眼光景，覓難天中了龍鷹近九招，他也回敬龍鷹八記，雙方純憑護體眞氣硬捱，雙方的傷勢亦不住加重。

此正爲龍鷹發動前緊抱的宗旨，就是利用魔種能迅快復元的靈異特性，來個三敗俱傷，只要沒對方傷得那麼厲害，此戰便可算是他贏了。兼且縱負重傷仍可憑雪兒的馬背載他離開，對方負傷後只好眼巴巴的目送一馬二人揚長而去。

這是沒有辦法下的最佳策略，這兩個人太厲害了，任何一個小錯誤，又或估計落空，他和美修娜芙休想活命。

白帝文睜開雙目，回復神志。

就在白帝文站起來前的當兒，龍鷹以肩頭捱了覓難天的掌劈，袖裡乾坤二度彈出，往對手狂風驟雨般攻去，又是另一番威勢。

覓難天心知肚明只要多纏龍鷹片刻，讓恢復一定作戰能力的白帝文加入，肯定可置龍鷹於死地，亦滿有信心可以辦得到，偏在此關鍵的吃緊時刻，龍鷹攻法大變，眞氣高度集中，他擋了四、五擊後，無以爲繼，不得不抽身後撤，明知是龍鷹一手促成，卻是身不由己。

龍鷹往後斜跌。

白帝文從草樹叢裡彈起來時，龍鷹施展彈射奇技，剎那間已在十多丈開外，一個翻騰，落往地面，然後朝山峽口方向奔去，並嘬唇尖嘯，召喚雪兒。

白帝文狂追而去，剛吐出一口鮮血的覓難天，先拾起地上先前棄下的寶刃，也追著去了。

前方蹄聲轟鳴。

白帝文追至峽口，剛看到龍鷹躍上馬背，擁著金髮美女，疾馳遠遁。

龍鷹從深沉的養息裡甦醒過來，發覺仍緊摟著策馬飛馳的美修娜芙的小蠻腰，睜目一看，原來正處於兩邊山巒間的草原平地，難怪雪兒可放開四蹄，跑個痛快。

湊到金髮人兒的小耳旁，輕呼道：「好險！兩個傢伙真厲害，差些兒要了我的小命。」

美修娜芙見他醒來，大喜道：「夫君好了點嗎？剛才你的模樣真嚇人，滿身血污，駭得人家哭起來。」

龍鷹嗅吸著她金髮的香氣，心迷神醉道：「好多了！他奶奶的！幸好他們比我傷得更厲害。」

又將兩人的形相，形容給她聽。

美修娜芙大吃一驚，道：「一個是白帝文，另一人確是吐火羅人覓難天，這個人很厲害哩，殺了我們很多人。夫君呵！你不但不怕他們，還把他們全打傷了。」

龍鷹感覺著雪兒蹄起蹄落，長風颼來，耳際塡滿風嘯聲，又懷擁與自己深情相戀的美人兒，幾忘掉仍身在險境。

道：「敵人絕不會放過我們，這是甚麼地方？乖寶貝要帶我到哪裡去？」

美修娜芙仰後輕吻他，嬌媚的道：「不要小覷你的乖寶貝，我循著河溪走，不留痕跡，又不時馳上草坡，兜兜轉轉又回到河溪路線，並以特別手法故佈疑陣，敵人豈有那麼容易跟著我們？」

龍鷹貼上她嫩滑的臉蛋，道：「此爲何處？」

美修娜芙道：「我們已經過了班公錯，朝班公錯東面明馬茶卡湖馳去，這片區域是牧民集中的好地方，景色極美，大湖四周有無數小的湖，我在途上發現一個位於僻處的美麗瀑布，今晚我們便在瀑布旁過一個寧靜的晚夜。雪兒眞棒，跑了這麼多路仍絲毫不露疲態。」

龍鷹正爲雪兒輸入魔氣，道：「聽聽已想到美人兒的瀑布去，讓我們就在瀑布共浴歡好。」

美修娜芙擔心道：「不用休息一晚嗎？」

龍鷹笑道：「太小看你的男人了，包保美人兒叫足一晚，明天沒法起來。」

美修娜芙媚態畢露，昵聲道：「你愛怎樣擺佈美修娜芙，人家便讓你那麼樣的擺佈，美修娜芙既喜歡鷹爺的溫柔體貼，也愛鷹爺的粗暴無禮。」

龍鷹心忖熱戀便該是這樣子，不但愛說甚麼便甚麼，且有永遠說不完的情話。道：「今晚該是平靜的，亦是完全屬於我們。不過當敵人以飛鴿傳書一類的方法，知會各方，敵人可在任何一方攔截我們，到眾龍驛的道路並不易走。」

大群羚羊橫亙前方，見他們人馬馳至，靈巧地往兩旁散開，似跳似飛，煞是好看。

美修娜芙道：「唯一可躲避敵人追捕的地方，便是有高原上的高原之稱的羌塘，亦是高原上的無人地帶，赤地千里、渺無人跡，只在南部近雅魯藏布江的邊緣地帶，才有村落和牧人。」

龍鷹訝道：「竟有這般的地方，聽起來有點似被稱爲『死亡之海』的塔克拉瑪干大沙漠。」

美修娜芙笑語道：「你的比較非常正確，羌塘正是高原上的塔克拉瑪干。」

只要聽到「沙漠」兩字，龍鷹已心中喚娘，更不要說是「沙漠裡的沙漠」塔克拉瑪干，餘悸仍在的道：「怎可能有比得沙漠的可怕區域呢？」

美修娜芙如數家珍的道：「羌塘南北達千里，東西則逾一千五百里，佔了我們吐蕃高原近半的疆域，由於地勢險峻，寒冷乾燥，在那裡又呼吸不暢，故被我們稱爲死地絕域。嘻嘻！在那裡燒水很難沸騰，比在別處慢得多。」

龍鷹懷疑道：「你有把握穿越這片廣大的絕地嗎？」

美修娜芙得意的道：「早在等你時，人家就想好回去的路線，準備充足，掛在雪兒左右兩大包東西，一包是衣服，另一包是牧民遠行必備的三寶。」

龍鷹欣然道：「是哪三寶？」

美修娜芙道：「就是糌粑、酥油和羊皮襖，吃一點便可飽肚，夠我們橫度羌塘。」

龍鷹道：「糌粑是甚麼好東西？」

美修娜芙解釋道：「糌粑是一種食物，就是將青稞炒熟，磨成麵，食時以茶水或酥油攪拌即可，非常美味。」

龍鷹大感談談說說之樂，那種閒話家常窩心至極，且受她感染，羌塘也似變得沒甚麼好害怕的。

前方地平處隱見連綿山脈，其中一山特別高聳，峰頂積雪。

龍鷹指著雪峰道：「那是甚麼山？如此瑰麗壯觀。」

美修娜芙雀躍道：「是念青唐古拉雪峰，快到我們的瀑布哩！」

地勢開始起伏不平，雪兒載著他們上丘下坡，忽然已置身覆蓋整個丘陵區的廣闊疏林裡。

太陽離開中天，朝西降下。

在這綿延無際，地形起伏不大的林區裡，他們越過重重低丘，果如美修娜芙所說的，佈滿大大小小湖泊，湖水反映岸旁的奇花異樹，蔚爲奇觀。

美修娜芙策馬進入一座小谷，水瀑聲從林木深處傳出來。

金髮美女開心得像隻小鳥兒，吱吱喳喳的道：「水是從鄰近高山冰川來的，當積雪在春夏融解，水從高處流下來，形成這區域的大小河流和眾多湖泊。」

龍鷹抱起她躍落地面，笑道：「雪兒好該休息哩！我們尋歡去吧！」

說畢望水瀑聲來處掠去。

第五章　天域絕境

翌日下午，龍鷹兩人一騎，進入羌塘的無人地域，與草原最明顯的分野，是草叢變得低矮疏落和轉爲黃色，他們沿著峽道前進，峽口外有幾組聯群結隊的野牛、野驢，在羌塘的邊緣區徜徉。

龍鷹摟著美修娜芙馳出峽口，登上分水嶺似的高地，極目四方，除十多頭野牛外，眼前盡是茫茫荒野，遼闊壯觀，又是那麼幽僻荒寒，不見任何牧民的蹤影。

地勢並不平坦，波浪狀起伏不休的緩丘和低崗，往無限遠的地平延展，丘崗形成的谷地和湖盆窪地，錯雜的枯黃野草，構組成粗獷單調的獨特風貌，陌生而神秘。

美修娜芙「呵」的一聲坐直嬌軀，道：「美修娜芙認得哩！這些是野生的犛牛，是我們的寶物，就像高原下沙漠裡的駱駝，只有在高原才可找到牠們。」

龍鷹收回目光，落在牛群處。這些牛披著黑色或棕褐色的長毛，非常粗壯。道：「爲甚麼稱牠們爲寶？」

美修娜芙道：「牠們不怕寒冷也不畏高，肉可供食用，毛和皮可製成各種衣服和用品，這還不是牠們最大的好處，馴服後還可作馱運、耕地和騎乘的用途，牛糞又可作燃料和肥料。」

龍鷹毛骨聳然的道：「不要說哩！我寧願牠們像眼前般自由自在的生活。」

美修娜芙伸個懶腰道：「我的男人是個心腸很好的人，對畜生都是那麼好。」

龍鷹想著老子李耳的「小國寡民」，任何與此背道而馳，且是無休止的發展，連人以外的其他生物，也一併遭殃。

策馬下坡，雪兒興奮地放開四蹄，在烈日下全速奔馳，感覺上與在南面遠在高原之下的半荒漠地帶趕路，分別不大。日落西山時，寒風陣陣吹來，空氣顯著的稀薄，以龍鷹的體質，也覺體力的消耗比在高原下迅快多了。

龍鷹不敢讓雪兒過度操勞，找到一道乾涸河床，在一可避風的凹洞歇息。

龍鷹先以草料和拌和少許鹽的水伺候雪兒，美修娜芙則取來乾枝，生起篝火，他們在火旁以牧民三寶醫肚。

美修娜芙道：「好吃嗎？」

龍鷹笑道：「有我的金髮美女伴在身旁，最難下嚥的東西也變成佳餚美食。」

美修娜芙嬌嗔道：「那就是很難吃哩！」

龍鷹道：「不！以主菜前的小吃來說，這是非常不錯的好東西。」

美修娜芙不解道：「何來主菜呢？這鬼地方最出色的獵人也沒可能有收穫。」

龍鷹擺出色迷迷的樣子，打量她豐滿撩人的身體，沒有答她。

美修娜芙立告臉紅，雙目射出熾熱的芒火，送他一個媚眼，嬌羞垂首，誘人至極。

龍鷹問道：「你也是第一次到這裡來，如何認路？」

美修娜芙道：「生活在高原上的人，從小便愛看山，現在我們走在離邏些城最遠的羌塘區域，以避過敵人，左方是崑崙山，最高的是木孜塔格峰，非常易認。後天我們該可抵達雙湖區，我們稱那兩個大湖爲『姊妹湖』，那是我們唯一可補充食水的地方。」

龍鷹皺眉道：「敵人該猜到我們爲躲避他們，會採偏北的路線，而姊妹湖則是必經之路。」

美修娜芙道：「所以我們定要先一步到那裡去，在敵人抵達前離開。」

龍鷹想起白帝文和覓難天便猶有餘悸，他不是擔心自己，而是擔心美修娜芙，想像到她在自己難以分身下，被如狼似虎的敵人圍攻的可怕情景，便要心內淌血。

對敵人他再不敢掉以輕心。白帝文和覓難天均爲追蹤的大行家，誰都不敢肯定他們會否到姊妹湖守待他和美修娜芙。

龍鷹道：「前天我們耽擱了一晚，若對方晝夜兼程，有可能趕在前方。」

美修娜芙道：「可是雪兒已跑得很快呵！」

龍鷹道：「怎麼快仍是要馱兩個人，敵人則可沿途換馬，有一夜時間，趕過我們毫不稀奇。若我沒有猜錯，兩天後我們到達姊妹湖時，將陷入重圍裡。」

美修娜芙失望的道：「我們是否須立即動身趕路呢？」

龍鷹取來羊毛氈，將她裹在裡面，摟著她笑道：「如此一夜狂風，甚麼蹄印氣味均會被颳走，所以我們等若突然消失了。我更不想給人夜以繼日吊靴鬼般跟在馬後，所以想出以最笨蛋的方法，愚弄更笨蛋的敵人，當那批傻瓜苦候無果，會以爲我們過姊妹湖而不入，往東追去，那時小弟便可和美修娜芙，再續水中之情。哈！眞爽！」

美修娜芙「咭咭」嬌笑，媚態畢露，對她來說，人世間最動人的事，莫過於與龍鷹深深相愛，極盡男女間的繾綣纏綿。

龍鷹一隻手探進羊毛氈去，胡亂摸索，還裝模作樣道：「爲何扣子帶子都不見了？」

美修娜芙雪白的臉膚爬滿鮮豔的紅霞，不依道：「你是故意的。」

龍鷹擺出無賴款兒，道：「我尚是第一次摸女人，怎知如何將她脫個精光？」

美修娜芙嬌吟一聲，軟癱在他懷裡，嬌體湯熱，芳香四溢。

龍鷹心忖，縱然在這個無人區待上三、四天，絕對不愁寂寞。也感覺到自己的變化，換了以前，哪有這種耐性？肯定會千方百計，與敵人鬥智爭雄，不會在意對方如何強大。

龍鷹沒想到的，就是本以為可輕鬆舒服的和美修娜芙好好休息三天，這個無人絕域卻向他們顯露威風，使他們體會到為何羌塘是人畜不至的凶地。

當晚本來一碧如洗的晴空，忽然變臉，烏雲翻滾，下的不是雨而是冰雹。龍鷹還不以為意，躲在凹洞內和美修娜芙幹著永不厭倦的事，說著不可讓第三者曉得的情話。臨天明前，竟下起大雪來，看得龍鷹瞠目結舌。

計算日子，現在該是四、五月時分，下邊的大草原仍是花紅葉綠的時節，這邊廂卻是千里冰封，萬里飄雪。荒野化為雪原，看固是好看，可是大雪掩埋了黃草枯枝，想生起篝火也苦無材料，又是呆著不動，人馬均感吃不消。

看著迷漫的風雪，動身不是，留在凹洞發呆捱冷更不是，龍鷹道：「雪一停，我們立即動身。」

美修娜芙提醒道：「不怕遇上敵人嗎？」

龍鷹苦笑道：「怕得要命。且敵人中肯定有比我們熟悉羌塘天氣變幻的識途老馬，故在準備上比我們優勝。雙方雖未短兵相接，但我們已落在下風。」

美修娜芙道：「怎辦好呢？」

龍鷹長身而起，摟著探頭來和他親熱的雪兒的馬頸，道：「這叫知彼知己，我們最大的優勢是擁有雪兒，牠比犛牛更強壯，更耐風霜雨雪，卻不能如此呆立不動，必須讓牠放蹄飛奔，方可保持氣血暢通。我才不信昨夜敵人可繼續趕路。嘿！不如立即冒雪起程，和敵人拚馬力速度，以我之長，克敵之短。」

美修娜芙裹著毛氈的躍起來，道：「只要藏在你懷裡，美修娜芙不怕任何風雪。這麼大的雪，敵人的馬怎肯前進？」

龍鷹拍額道：「我慣了騎雪兒，沒想過其他的馬可以這麼窩囊。哈！這正是逃出生天的最佳機會。美人兒來！讓我們漫遊風雪裡的羌塘。」

兩人一騎，冒著大雪，奮勇前進。

現在可說是龍鷹和雪兒攜手奮鬥，幸好龍鷹對雪兒的狀況明察秋毫，時緩時快，讓雪兒可以回氣。

凜冽的寒風帶起一蓬蓬的冰粒，迎頭照臉的打來，可是等於「馬中邪帝」的雪兒，卻是愈跑愈興奮，愈跑愈快。想起當日雪兒馱著他逃出沙漠，龍鷹也就不以爲怪。

美修娜芙緊裹羊毛厚氈，背馬頭坐著，雙手摟著龍鷹的腰，頭臉埋在他頸項間，就那麼酣然入睡，不知人事。

也不知過了多少時間，紅日出現天穹上，人馬溫熱起來，衣服毛氈不到半個時辰回復乾爽。

龍鷹卻心叫糟糕，敵人豈非可繼續趕路？未來立即變得暗淡無光。現時情況古怪，雙方均不曉得對方的位置。龍鷹唯一勝過對方者，是憑靈應感到與敵人處於同一絕域。

美修娜芙被熱醒過來，扯掉毛氈，玉腿一伸，靈巧地挾著龍鷹的腰，獻上香吻。唇分後，媚笑道：「這是馬背上最好的姿勢。」

龍鷹拍她香臀，笑道：「這是交合的姿勢，不要告訴我美修娜芙現在又想要。」

美修娜芙喜孜孜的道：「對著她的男人，美修娜芙隨時隨地也想要。鷹爺呵！分離了這麼久，人家見到你，不變成淫娃蕩女，可以變成甚麼呢？」

龍鷹苦笑道：「你好像忘掉我們正身陷險境。來的可以是數百人，也可以是數千人，敵方又有高手主持，只要撒出羅網，我們以後都沒得歡好。」

雪兒回復正常體溫，放蹄奔馳，不住增速，望東跑去。

美修娜芙嬌笑道：「有鷹爺在，人家絕不擔心。雪兒定能載我們比敵人早一步到姊妹湖去。過了姊妹湖，便是可可西里的平野。我聽人說過，妹湖裡盛產一種奇異的無鱗魚，肉質鮮嫩，美修娜芙想吃呵！」

龍鷹不知該好氣還是好笑，自己在憂心小命難保的當兒，她卻在想傳說中的美味魚兒。不過此正為其中樂趣，與她共歷艱難，可有苦中作樂的滋味。

「咦！」

美修娜芙學他般抬頭望天，訝道：「甚麼事？」

龍鷹臉露喜色，道：「有救了！」

這句話後，不到一刻鐘，風雲變色，狂風颳起，地上的積雪被吹上半空，接著雷電交加，令人不敢相信一刻之前，仍是炎陽高掛，天氣火一般的熱。

這次的雷暴，比之長安那次又是不同，有小巫大巫之別，每一道閃電，都裂空劈下，使他們如在閃電形成的陣式裡行走，激雷在耳邊轟鳴，以龍鷹的靈銳，眼睛和耳朵全失去應有的功能。只知緊摟美修娜芙，任雪兒前進。

雪兒盡顯牠超級神驥的功架，憑著本能，左衝右突，每能在被閃電擊中前，先一步避開，速度沒絲毫減緩下來。龍鷹唯一可做的事，是源源不絕向牠輸入魔氣，令牠動力不竭。

直至午夜，終於雨收雷散，壯麗的星夜，籠天罩地，美得令人屏息。

龍鷹運功蒸發了兩人衣服和毛氈的水氣，與美修娜芙下馬落地，改爲走路，好讓雪兒休息。

龍鷹負著馬鞍行囊，在雪地與美修娜芙並肩而行，發覺步履維艱，皆因本是乾燥堅硬的土地，在雪水和雨的浸滲下，變成了爛泥沼澤般的險地，確是步步驚心。

美修娜芙歎道：「終於明白到，爲何沒有人敢深進羌塘來。」

龍鷹道：「這裡雖是天氣惡劣，但比起沙漠卻沒那般單調，我寧願捱雷電也不願捱沙暴。」

美修娜芙親熱的挽著他手臂，天眞道：「剛才的雷電，差點駭死人哩！我們眞幸運，在那樣的情況下，仍沒有被雷轟中。」

龍鷹帶她繞過身前的沼潭，仰頭以鼻子猛嗅幾下，道：「古怪！風怎會帶著鹽的氣味呢？」

美修娜芙雀躍道：「到了！」

幾近不可能完成的路途，在一天一夜的雪兒馬程下完成。

在日出的晨曦下，一大一小兩個湖安詳地躺在前方，兩湖間隔著一道寬達數里的大沙堤，從沙堤到湖邊，可看到明顯的十多條水痕，在述說出湖泊退縮的悠久歷史。兩湖可能本是一湖，但在滄海桑田的歲月流逝中，分爲兩湖。

湖岸長滿黃色的禾草，小樹叢疏落散佈，以中土的標準來說，該算是荒蕪的地，但在羌塘這個絕域，則不啻人間勝景。

兩人一馬奔跑下坡，直抵湖區。

姊湖比妹湖大上數倍，是個鹽湖，沒有水草，更無任何水中生物。妹湖完全是另一番光景，湖內水草繁茂，遍佈游魚。龍鷹下水捉了幾尾魚回來，就在岸旁生火燒烤。發覺火力不旺，怎燒也似欠點火候，只好用口不住向火堆吹風。

「鷹爺！」

龍鷹循聲望去，只見美修娜芙一絲不掛的立在岸旁的大石上，向他傲然展示美至無以復加的女體線條，在勝雪的肌膚襯托下，垂下的金髮在晨光下閃閃爍爍，其美態嬌姿，已超越了任何形容。

美修娜芙回眸甜笑，聳身插入清澄的湖水去。

龍鷹忍不住起立移近湖邊，目不轉睛看著這尾入侵的美人魚，在水底下展現層出不窮的美態。

雪兒則在水邊喝水吃草，悠然自得，偶爾發出嘶鳴。

龍鷹繼續燒魚，心舒神暢，未來的路絕不好走，對高原變幻無常的天氣只有逆來順受，但在這一刻，他們終於搶佔了先機，得到難能可貴，也是他們最需要的休息和人馬各方面的補充。

每人各吃兩條鮮美無比的無鱗魚後。美修娜芙滿足的道：「從未吃過這麼好吃的魚。」

龍鷹道：「羌塘的南端，地勢如何？」

美修娜芙道：「是重重山巒的地區，河道密佈，水是從冰川流下來的，永不缺水。高山的另一邊是幾道大河的源頭，其中的金沙江，從高原直瀉而下，還有瀾滄江和怒江，人家說的是你們漢語的河名，在高原上有不同的名字。」

龍鷹歎道：「當年我在金沙江過虎跳峽時，哪想過有朝一日，竟會到金沙江的源頭來？水向下流，但源頭竟始自高山的冰川，想想已教人神往。」

美修娜芙興奮的道：「曾聽到過那裡的人說，羌塘東面的區域處處奇景，有些土地和山還是紅色的，最易認的地貌是一條東西走向的山脈，越過它，我們再走兩、三天，便可離開羌塘。甚麼事？」

龍鷹拉著她柔軟的玉手，站起來，道：「敵人來了。」

美修娜芙縱目四顧，道：「在哪裡？」

龍鷹一臉凝重神色，道：「好傢伙，比我預估的來得更快，可知他們絕非和稀泥。」

雪兒也似生出警覺，朝他們奔來。

龍鷹執起馬鞍，裝在雪兒身上，道：「若有十來筒箭便好哩！」

抄起美修娜芙蠻腰，將她送上馬背，接著躍上她後方，一聲長嘯，催馬望東奔去。

忽然間，他又充盈鬥志，更曉得只懂逃亡，極可能沒法活著離開羌塘。

第六章　以攻為守

龍鷹伏在離妹湖百多丈、湖岸北面一處緩丘的坡頂上，觀看敵人。一如他所預料的，敵人並沒有立即追趕他們，而是立營休息，非不欲也，是不能也。任你武功蓋世，在經過羌塘式的大雪雨暴、雷轟電擊的折騰摧殘後，也要向老天俯首稱臣，好好休息，方可回氣繼續上路。

善變的天空下著霏霏細雨，較遠的地方一片迷濛，爲凶原多添了些許溫柔和詩意，不過龍鷹已開始熟悉絕域的無常，曉得隨時會是另一番情景。

妹湖四周豎立了八組百多個營帳，其中有十多個是巨型的方帳，供戰馬在內休息，設想周到。大部分的敵人正在營帳內躲避，仍在帳外活動者有二十多人，包括他認識的白帝文和覓難天在內，前者臉色蒼白，顯是仍然內傷未癒，後者神色如常，但卻露出長途跋涉後的疲態，必須好好休息。

其中七、八個敵人，正圍在他和美修娜芙生火燒魚的火堆灰跡旁，議論紛紛。

一隊百多頭犛牛，在七、八名敵人的驅趕下，從南面注入營地，由十多人幫手從犛牛背上卸下物資，送進妹湖南岸的幾個營帳內，一切井井有條，顯示敵人是訓練有素的戰士，有豐富荒野行軍的經驗。

約略估計，敵人當在一千二百人之數，全是高手和精銳的吐蕃兵將，其實力足以將他和美修娜芙碾成碎粉。

沒有派人放哨，一來人人疲不能興，更因誰都沒想過龍鷹會掉頭回來修理他們，且因現時有覓難天般的高手在帳外，縱然以龍鷹的身手，在如此的地勢下，亦難以潛入營地。

覓難天等離開湖岸，追著雪兒的蹄印，移往東面去。

驀地人人舉頭望天，南面不遠處重重低垂的烏雲翻滾而來，隱見樹根狀的電火，雷聲隆隆，威勢駭人。覓難天等如驚弓之鳥，急步趕返營地去。

龍鷹看得差點笑出來，但也是感同身受，明白敵人的心情。

雨勢轉大，狂風捲至，暴風雨夾雜著冰雹，沒頭沒腦的打下來，寒氣無孔不入的鑽進衣服裡。龍鷹魔功運行，一邊感激老天爺，一邊頂著因風吹冰打而來的無情肅冷。

不旋踵頭頂上盡是黑雲，電火再不是可遠觀的大自然奇景，而是四周奪命的芒光，轟雷就像在耳旁不住爆響。

敵營外再見不到半個人，龍鷹將靈覺提升到極限，閉著眼睛從藏身處掠起，往妹湖南岸藏糧資和馬牛的數個大方帳潛去。

今次的雷雨速來速去，但已肆虐了大半個時辰，令龍鷹有足夠的時間，在對方措手不及下，制伏了幾個看守的敵人，又把敵人的糧貨撒往帳外去，任由雨灑電劈。

事實上，最有效的搗亂莫如將大批馬牛逐一擊殺，可是龍鷹怎也不願對無辜的畜生採取這種手段。

最後他背負七筒箭，又把一個捲起來的營帳扛在肩膊上，趁雷電尚未完全撤走的時刻，大搖大擺的離開。當抵達東面離營地二千多步外一個丘頂，太陽從低垂的厚雲後，露出半邊臉孔，金色的光神跡般直射下來，驅散寒氣。

龍鷹揹著戰利品，向營地的方向以吐蕃語大喝道：「龍鷹在此，誰敢與老子單打獨鬥，大戰三百回合？」

敵人從各營帳蜂擁而出，人人呆在當場，難以置信的瞧著他。

龍鷹的目光落在白帝文、覓難天和三個穿軍服的吐蕃將領處，長笑道：「老子算夠朋友吧！只是借箭借帳。哈！大家好！」

聽到「借箭」兩字，人人現出驚怵之色，覓難天和白帝文亦不例外，可知他們給射怕了，亦沒有人說得出話來，也不知如何回應。龍鷹完全無視對方人多勢眾的膽色氣魄，一時間將千多敵人完全鎮住。

敵人實在有說不出來的苦衷。

就算人肯逞強，戰馬也不肯陪你發瘋，難道就這麼一擁而前，朝龍鷹殺去？如龍鷹掉頭便走，是繼續朝這被雨水化爲沼澤泥潭的凶地深進，還是掉頭走回來？何況龍鷹的名頭太響亮了，己方的兩個頂尖高手剛吃過大虧，如此毫無章法的窮追敵人，豈是智者所爲？故陷進動手不是，不動手更不是的尷尬處境。

覓難天輕碰白帝文肩頭，後者排眾而出，戟指喝道：「龍鷹你敢誇下海口，便由本人和你單打獨鬥一場，不死不散。」

另一將領打個手勢，兩個手下立即離群，檢視牛馬物資去了。

陽光籠罩的範圍開始擴大，大地的陰影飛快散退，灼熱的光烈射下，水氣化成白霧在四面八方騰升，蔚爲奇景。

龍鷹哈哈笑道：「老子的手下敗將竟然這麼有膽，雖然沒識，但老子亦感與有榮焉。快放馬過來，但其他人卻不准踏前半步，就讓老子在你的戰友前宰掉你，保證不過十招之數。」

白帝文頗有修養，並不動氣，卻是啞口無言，自知因負傷的關係，又清楚龍鷹鬼神莫測的手段，哪敢衝前動武？

覓難天只是讓白帝文去試探他，移前到白帝文身旁，雙目精芒閃動，道：「本人覓難天，讓我來陪閣下過幾招如何？」

龍鷹欣然道：「當然歡迎，不過你傷得沒白帝文那麼重，確要大戰三百回合，爲免被騷擾，不如我們到百里外找個好地方，大玩一場？」

其中一個中年吐蕃將領，忍無可忍的大喝道：「太囂張猖狂哩！有膽子的便不要走。」

龍鷹笑得彎下腰來，指著他道：「你說的是人話嗎？現在你千多人來追殺我，我該對你們客氣有禮嗎？走或不走是策略的問題，也是喜好的問題，因爲老子愛將你們逐一射殺，箭用完了又再搶箭。看！太陽下山了，到天黑地昏之時，你們將面對老子少有虛發的冷箭。」

發言的吐蕃將領顯然是今次行軍的主帥，一聲令下，戰士們全體祭出兵器，賈其餘勇往龍鷹衝殺過來，雖人人外強中乾，仍有一定的威勢。

反是白帝文、覓難天和十多個沒有穿上軍服的異族高手，佇立原地不動，看清楚情況方決定如何行動，顯示出高手的氣度智謀。

龍鷹好整以暇的卸下肩扛的營帳撐架，掏出摺疊弓，張開，從背後揹著的重重箭筒裡，手法靈活嫻熟的拔出四支長箭，其中一支架到弓弦上，拉成滿月。

弓弦聲起。

一支箭似閃電般離弦疾去。奔至離他千二步多的帶頭小將，明明看著箭矢臨身，還往旁閃躲，仍是眼巴巴的瞧著箭矢貫入胸膛，往後仰跌，立斃當場。

敵人駭然散開。

另三支箭一支追一支的勁射而至，那感覺便像箭剛離弦，便已臨身，速度快至肉眼難察，登時又有三人中箭倒斃。

龍鷹看著敵人在命令下往後撤退，大笑道：「在這無遮無掩的地方，怎可盾牌都不拿一個，太魯莽哩！」

話猶未已，敵後衝出近百個盾牌手，後面跟著數十個弓箭手，開始有組織的反擊，仿如兩軍對壘。只是一邊是千多人，另一邊只有龍鷹孤身一個。

覓難天等開始逼近至千五步的距離。

龍鷹表演箭技似的，先來兩支望空發射，接著是平射，由於他處於高丘之上，盡得臨下之勢。

敵人同時分出兩隊，從兩側遠處繞擊龍鷹。

慘叫聲起，兩個由前面盾牌掩護的弓箭手，一律面門中箭，往後倒跌。

另兩箭更厲害，穿過藤盾，貫胸殺敵。

敵人原來氣勢如虹的進攻，立即亂作一團。

龍鷹好整以暇的看看正往西下降的太陽，收起摺疊弓，又提起營帳扛到肩上。最接近的敵人離他已不到八百步。

龍鷹勁喝道：「小弟失陪哩！」

正當人人以爲他撤走之際，龍鷹竟往橫掠去。

覓難天等一眾高手全體色變，展開腳法，往龍鷹撲向的位置趕去。

龍鷹以內捲撐枝的營帳作長武器，一陣風般往從南坡衝上來的百多敵人迎下去。敵人怎想到側擊變爲被迎頭痛擊，兼之不論士氣、鬥志、體力均處於最低點，猝不及防下，龍鷹已如虎入羊群，手中長捲左揮右舞，狂風掃落葉的打得對方左仆右跌，眨幾眼工夫連傷帶頭的十多人，令敵人紛紛滾下山坡，後來者也亂成一團。

龍鷹得勢不饒人，打定主意愈傷得多人愈好。在這個凶原之上，傷病絕非說笑，可致嚴重的後果。

轉眼他已從陣後穿出，還追著四散的敵人殺去，登時又有五個敵人被掃得騰空飛墜。

到覓難天等趕到時，他已逸出百丈開外。

敵人紛紛趕至，救援傷者。

龍鷹跳上一塊奇岩，哈哈笑道：「放心吧！老子未殺光你們前，絕不會走。快放馬過來，讓老子可大開殺戒。」

那領頭將領氣喘喘的趕至，正要發令追擊，給覓難天伸手阻止，以漢語向龍鷹道：「鷹爺名震塞外，果是名不虛傳。鷹爺既然如此有興致，今晚午夜，本人在東面五十里外，領教高明。」

龍鷹啞然失笑道：「本人正殺得興起，哪來閒情和你打生打死？看！天開始黑哩！光是將箭穿營入帳的殺人，已教老子期盼。告訴你，老子正是羌塘最可怕的獵人，你們全變成獵物。首先殺的是在營外放哨者，最好再來幾場冰雹大雪，增添點暗夜殺人的氣氛。他奶奶的！老子怕過誰來？你們雖在高原下佈著千軍萬馬，老子我還不是來去自如？何況你們只得千來人，而人數則在不住減少中。當老子感到滿意時，自會由暗轉明來尋晦氣。操你的！竟敢來惹我，是否嫌命長？」

說話時，雙目魔芒遽盛，配合他大展魔威後昂天柱地之勢，確有寒敵之膽的威懾異力。

覓難天等交換個眼色，均感無奈。龍鷹利用高原獨有的天氣變化和環境，將有利他的因素發揮得淋漓盡致，己方的實力雖在千倍以上，他卻像泥潭內的惡鰍，滑溜難抓，還會被他反噬。

高手群裡發出一聲狂吼，其中一人不顧一切的疾掠而出，望龍鷹衝去，同時拔出佩在腰上的馬刀，準備擋格龍鷹的箭。

覓難天和白帝文首先大吃一驚，忙接著追出，但已落後近五十丈。其他人勉力跟隨，但都頗爲勉強，皆因體力透支得太厲害了。

龍鷹變法術般神弓在手，另一手往後一抹，取得四支箭。敵人未看清楚時，弓弦聲起，一支箭已朝奔至三十丈許處的高手射去。

「叮！」

那人也是了得，一刀劈下迎面射來的箭，卻被貫滿魔勁的箭帶得踉蹌橫跌，另一支緊接而至的箭透頸穿出，那人立即濺血墮地，連臨死慘呼也省掉。

追來者無不駭然止步，因龍鷹第三支箭的箭鋒正瞄準他們。誰都曉得在龍鷹神乎其技的箭術下，愈接近他等於愈接近死亡。

龍鷹以吐蕃語嘿嘿笑道：「與我龍鷹爲敵者，從來沒人有好下場。識相的便改向老子的兄弟橫空牧野投誠，否則我們攻入邏些城，你們個個人頭落地。哈！當然！你們先要活過今夜才成。」

太陽沒入西山之下，荒原颳起強勁的寒風，天空又見烏雲作怪，但下雪、下雨，還是落冰雹，則尚未揭盅。

處身於此絕域，不論你如何人強馬壯，也被無數不可測的變化，折磨至體無完膚。

龍鷹在東疆，獲得豐富的醫人經驗，加上超凡的靈覺，感到在這忽寒忽熱、呼吸困難、令人容易疲累的地方，最可怕的事情是患上傷寒。他憑一人之力，雖可造成對方的傷亡，但始終有限度。敵人痛定思痛時，會想出種種防禦他冷箭的有效措施。所以甚麼逐一射殺，全是虛言恫嚇，目的是要令敵人疲於奔命，沒法歇下來好好休息。疲上加疲，又處於惶恐不安的狀態，忽冷忽熱下，除敵方的眞正高手外，誰都要吃不消。龍鷹正是利用羌塘區的獨特環境，重重削弱敵人。

一天他仍在附近，敵人不敢亦沒法做出有效反擊，更不要說去追趕美修娜芙。

此時龍鷹已將劣勢完全扭轉，反客爲主。

天地昏暗，遠處的龍鷹在敵人眼中變爲一個隱約可見的影子，更添其無從掌握的可怕感覺。

中年主帥別無選擇，著身旁號角手吹出軍號，排出陣法，兩組人從左右兩翼推進，像兩個巨鉗般往龍鷹包抄過去。然後中軍以盾牌手打頭陣，箭手隨之，覓難天等高手護後，步步驚心的往居高臨下的龍鷹推進。

龍鷹收回弓矢，望天道：「你這個主帥是怎麼當的，豈有在雷電交加之時著人去送死？」

中年主帥大喝道：「放箭！」

「轟！」

霹靂一響，本陣容整齊的敵人立即亂成一盤散沙，這裡誰沒嘗過雷電的駭人滋味。不用主帥吩咐，人人爭先恐後的往營地趕回去。一道電火直擊進人叢裡，數人被轟為焦炭，往四外拋擲。

覓難天、白帝文等高手也心叫救命的掉頭走，唯一分別是他們跑得比其他人快。

大雨傾盆而來，成條狀的橫風橫雨無情地鞭撻大地。

雷電愈趨密集，令人睜目如盲，耳朵亦失去平時的聽力。

龍鷹從橫裡衝出，在這敵我難分的環境，營帳武器發揮出最大的威力，見人便掃，殺個痛快。

晨光裡，視野仍是模糊不清。

拳頭大的雪團從天降下，營地陷於迷濛之中。

龍鷹傲立丘頂之上，以君臨天下之姿，監視敵陣。

一夜沒覺好睡的敵人，撐著疲倦的身體，開始拆掉營帳，處置須運走的傷病者。好好的一支精銳部隊，變得似畏戰的老弱殘兵。

雖明知龍鷹在旁虎視眈眈，卻沒人有興趣向他多瞥一眼，還求神拜佛希望他不要逼近。

覓難天沒有敵意的朝他走過來，直抵坡腳處，離他只十來丈，微笑道：「鷹爺確是英雄了得，吐火羅覓難天不得不服，現在我們是被逼撤走，希望異日有緣，可領教龍兄的絕技。」

龍鷹也佩服他的心胸氣魄，道：「今次覓難天兄是非戰之罪。讓小弟給你一個忠告，小弟能成功登上高原，欽沒敗勢已成，突厥軍隊更不可恃。你現在或許沒法相信我的話。可是希望在事不可爲時，能抽身引退。天下這麼大，何處沒有讓覓難天兄可大展抱負的機會？」

覓難天現出深思的神色，微一點頭，掉頭去了。

第七章　大小姊妹

龍鷹與強大至不成比例的敵人，鬥智鬥勇，比謀略拚戰術，逼得過千由敵方精銳戰士和最出色的異族高手組成的追兵，損兵折將的含恨撤退，盡顯他魔門邪帝的功架，也是他離開長安遠赴高原助橫空牧野的艱苦旅程的轉捩點。

由那一刻開始，邏些城現今的奪權者，再沒法掌握他的行蹤，也不可能再組織針對性的有效攔截。

龍鷹和美修娜芙沿著東西向橫亙羌塘的可可西里山，從貧瘠的西端一直走往湖溪密佈的東段，從北邊翻往可可西里山南麓，登上山南一個高崗時，景象在他們眼前無限拉闊，久違了的如茵綠草原，在遠處擴展往地平的極限。在歷盡艱苦後，目的地終於在望，人馬都看得癡了。

龍鷹嚷道：「我的娘！前面那道大河叫他娘的甚麼河？」

美修娜芙依偎在他懷裡，雀躍道：「美修娜芙終於認得哩！河流這一段叫沱沱河，更遠處的是念青唐古拉山，亦是沱沱河的源頭。越過念青唐古拉山是野馬驛、札納、閣川驛、美麗的大湖納木錯，然後是首都邏些城。眞美！」

龍鷹在她甜美悅耳的聲音引述下，馳想著唐古拉山南面的大小城鎮。後方是可可西里山和撐起高原、延綿數千里的崑崙山脈。

美修娜芙又指著右方遠處道：「那是烏蘭烏拉湖。沱沱河是一個龐大水系的開始，流往我們中土的一段，就是鼎鼎有名的金沙江哩，所以夫君看的，正是我們大江的源頭河。」

又甜甜笑道：「人家是你的女人，大江當然是我們的。」

馱著營帳、食水、糧貨的雪兒，在他們身後發出興奮的嘶鳴，催他們繼續行程。

「這刻」天氣極佳，豔陽高照，綿絮般的白雲，在低空冉冉飄浮。

龍鷹摟緊她的小蠻腰，吻她臉蛋，親她香唇，金髮美人兒樂此不疲的熱烈反應。隨著不住深進，令人不得不生出畏敬，其廣闊在此刻之前一直是無窮無盡，至少在感覺上是那樣子的無人絕域，他們的愛亦不住地添加，將他們的心靈和肉體渾融如一，無分彼我。

龍鷹心神皆醉的道：「能觸摸大江的源頭河段，小弟已感不負此生，何況還有美人兒和我在河旁，芙蓉帳暖的動人天地裡，一起狂歡慶祝。他奶奶的！眞是爽透頂。」

美修娜芙道：「沿沱沱河東行，會到達犛牛河的河段，到與西月河和金沙江交匯處，朝東北走便是眾龍驛，立於西月河的南岸，是很美麗的地方呵！」

龍鷹朝東望去，地平處隱見雪峰冒起，道：「那又是何方神山聖地？」

美修娜芙欣然道：「差點忘了告訴人家的夫君，那就是巴顏喀喇山，其北麓的約古宗列曲，是我們黃河的發源，冰川融解後，傾瀉而下，經星宿川至瑪多，沿途石山多泥沙少，所以流水清澈，到瑪多爲兩座大山所阻，形成了源流段第一個大湖札陵湖，然後再經過近三十里的峽谷，分作九股的注入另一大湖鄂陵湖。」

龍鷹大喜道：「我的天！有可能先在大江的源頭和美修娜芙好，然後移師到大河的源頭，又和我的美人兒好呢？」

美修娜芙認眞的道：「人家比你更想，但隔太遠了。到札陵湖和鄂陵湖後，還要繞過巴顏喀喇山，才可到眾龍驛去，怕要多走上十多天的路。」

龍鷹深有同感，道：「在高原上，看來似在個把時辰腳程的遠山，原來走上整天也到不了。哈！來！給老子摸兩把取樂，當作主菜前的小吃。」

美修娜芙最拒絕不了他的任何要求，不論如何不合時宜，幸好雪兒用馬頭朝龍鷹猛撞一下，輪到龍鷹屈服，哈哈大笑，攔腰抱起美修娜芙，展開腳法，縱奔遠躍，朝坡下掠去。兩人一騎，瞬即把高崗拋在後方。

沱沱河景色佳絕，沿岸長滿不知名的樹木，雖是剛進初秋，仍是綠葉滿枝，經過只有黃禾草的羌塘之旅後，分外嬌豔迷人。

太陽下山後，氣溫驟降，已有隆冬的侵人寒意，南面唐古拉山雪峰起伏，遠近不見人煙，惟只有一群群的野牛野鹿，點綴遠近。

他們全速急馳，憑雪兒驚人的腳力，也走足四個時辰方抵達大河。看著波浪滔滔，形同白練，永不冰結的河水，自唐古拉山蜿蜒而來，氣勢磅礡，怎辛苦仍是值得的。

夕陽尚在針葉林梢頭的當兒，龍鷹和美修娜芙這對患難夫妻，分工合作。前者負責在岸旁豎立營帳，美修娜芙則四處收集生火的柴枝。

龍鷹以最迅快的手法弄好睡帳，望往去遠的美修娜芙，伊人似正執拾地上某些東西，雪兒亦步亦趨的跟在她身後，陪她一起玩兒。雪兒的黑毛，襯得她在風裡飄舞的金髮更是閃閃生輝，構成可能從未在高原草場出現過的神驥美女圖。

龍鷹脫掉衣服，投進河水去，卻是天寒水暖，動人至極。他只取所需，捕得兩尾大魚後，滿載返岸。

美修娜芙在營地旁堆起小山般一坨坨的怪東西，笑臉如花道：「美修娜芙也要到河裡沐浴，夫君大人負責生火燒魚。」

龍鷹來到她身旁，訝道：「是甚麼傢伙？」

美修娜芙站起來，一邊寬衣解帶，一邊道：「這是野犛牛的乾糞，經過風吹日曬，又乾又脆，燒起來比柴枝好多了。」

看著她在眼前脫得一絲不掛，膚嬌肉嫩，百看不厭的線條，像神物般驕傲地向他展現。龍鷹正要做出最應該的行動，美修娜芙嬌笑著閃開去，繞過他往河掠去，投進水裡。

龍鷹大叫道：「小心水流湍急呵！」

這雙熱戀中的男女，吃飽肚子便在帳內胡天胡地，忘掉了帳外的一切。午夜後出帳一看，原來剛下過一場大雨，不懼風雨的雪兒在帳外悠然自得，顯然很滿意所處的環境。天地一片銀白，晴夜裡明月君臨天下，於其附近的星光均退避三舍，任她以銀光一統天下。

龍鷹不自覺的坐到一塊河岸旁的石上，仰首觀月，心忖若當日與小魔女主婢盟誓的見證是頭頂的圓月，肯定更有效力。從未見過圓月，感覺是如斯接近，似探手可摘。

現在該是七月中旬，三十天後將是中原的中秋佳節，不由記起出征契丹前，女帝問他能否回來陪過中秋的情景。今個中秋也沒法陪她，當然他不會因此在意，只在意沒法陪人雅和小魔女等嬌嬈，共賞明月。

面對眼前素淨純美的月夜，仙門變得無關痛癢。

美修娜芙裹著羊毛氈從帳內走出來，坐到他腿上去，道：「今晚的月色眞美。」又湊到他耳邊呢喃道：「下一個圓月，是美修娜芙的生辰呵！」

龍鷹大訝道：「你竟曉得自己出生的日子嗎？」

話出口才後悔，豈非勾起她不愉快的童年回憶。

美修娜芙道：「那是美修娜芙唯一記得的事情。」

龍鷹一拍額頭，道：「差點忘記了！」

美修娜芙奇道：「忘記甚麼呢？」

龍鷹倏地望天，目現奇光。

美修娜芙循他目光瞧去，「呀」一聲叫起來，道：「不是風公子的神鷹嗎？」

龍鷹一手摟著她的纖腰，長身起立，兩指伸進口裡，發出尖銳的哨聲。

東面高空處的黑點迅速變大，橫過明月下方，筆直往他們投過來。

美修娜芙雀躍道：「原來夫君也像風公子般，懂得指揮神鷹。」

龍鷹伸出一臂，作神鷹降落之用，笑應道：「這叫近朱者赤，多多少少也學懂幾句鷹言，何況夫君我和神鷹是同族。哈！」

狂風罩下，神鷹抯著翼落到龍鷹手腕處，最後合起雙翼，銳利的目光盯著龍鷹，鷹首側左側右，似在審視有否落錯手臂。

龍鷹誇張的「哎喲」呼叫，道：「原來又痛又重。」

神鷹肯否視他如風過庭般，龍鷹是姑且一試，現在得償所願，心懷之暢美，實難以言述。

雪兒走了過來，用馬嘴去碰神鷹，後者則俯頭在牠的馬臉輕啄幾下，頗有「識英雄重英雄」的意味。

美修娜芙叫道：「看！神鷹的腳繫著個小竹筒。」

伸手去解下來。

神鷹伸展翅膀，騰空往上，一個盤旋，飛將開去，又以最優美的線條，往下滑翔。雪兒一聲歡嘶，追逐過去，一馬一鷹，就在明月下的草原，嬉追鬧玩。

美修娜芙從竹筒掏出紙卷，打開讓龍鷹看，竟是一張地圖，畫上高山河流平地的形勢，又標示行軍的日期、路線和位置。

龍鷹一看便明白，讚道：「橫空牧野畢竟是橫空牧野，我想得到的，他全想到了。比我更周詳和有策略。」

美修娜芙指著簡圖偏北的兩個藍色小圓點，興奮的道：「這不是札陵湖和鄂陵湖嗎？她們北面的大山脈就是巴顏喀喇山，王子著我們怎麼走呢？是否會經過這雙美麗的姊妹湖？」

龍鷹道：「我們打敗敵人處是小姊妹，這雙卻是大姊妹。哈！小姊妹從合一變分開，大姊妹則得天獨厚，永不分離。」

美修娜芙迷醉的道：「郎君說的情話眞動人。」

龍鷹早習慣了她將所有好聽的話全當作情話的習慣，伸手入羊毛氈內撫她嫩滑的背膚，道：「你們在邏些城佈有探子，對嗎？」

美修娜芙傲然道：「這個當然！除探子外，朝上還有很多人和我們暗通消息，首都發生的事，沒多少能瞞過我們。」

龍鷹道：「但被我們在小姊妹湖狠狠挫敗，被逼中途折返如此丟臉的事，怎會洩露出去呢？」

美修娜芙道：「如果有大批人員傷亡，消息便沒法壓得住，而且其中定有王族和大官的子弟，任欽沒如何專橫，仍不得不把遺體送到所屬家族處。呵！你看！」

神鷹立在雪兒馬背上，神氣地走回來。

龍鷹道：「該就是這樣子，王子曉得我已抵達高原，橫過羌塘去與他會合，更猜到欽沒會派人召返高原南面的聯軍，遂以神鷹來通知我們，到指定地點與他會合，先擊潰勞師登上高原的敵人，令欽沒無法增添實力。哈！幸好老子美人兒那頭金髮易認，當然也講點運氣，若我們仍在山裡，神鷹休想尋得我們。」

美修娜芙焦急的道：「如何告訴王子，我們會立即去和他們會合呢？」

龍鷹香她臉蛋，記起與橫空牧野的大江行舟，橫空牧野笑大戰即臨之際，美修娜芙仍打扮得花枝招展，不符她好勇鬥狠的女刺客本色。這金髮人兒和自己在一起時，不單變得像個柔弱需保護的女性，且不肯再動腦筋，而此正爲她的可愛處。

笑道：「辦法多不勝數，例如讓神鷹繫著個空竹筒回去。不過！你夫君我有更具心思的方法。」

把作怪的手從毛氈縮回，拿著小地圖在對右摺，變魔法似的摺疊成一頭形相生動的紙鷹。

美修娜芙嬌呼道：「人家也要你多摺隻紙鷹，夫君的手很神奇呵！」

龍鷹將紙鷹捲成一團，至可容於竹筒的厚度，塞入美修娜芙送上來的筒口裡，以木塞封口，道：「這是小弟少時的得意玩意之一，已很多年沒再玩過，幸好寶刀未老。」

美修娜芙接過竹筒，歡天喜地的重繫於神鷹爪上。

龍鷹發出尖嘯，神鷹在雪兒背上振翅上衝，望東遠去。

龍鷹道：「美人兒站在這裡，讓你的男人給你一個驚喜。」

美修娜芙聽話的閉上美目，讓龍鷹將精緻的鍊墜掛在她雪白修美的玉頸。道：「可以張開眼睛哩！」

美修娜芙先用手觸撫墜子，然後睜開美目，美目異采漣漣地審視纖指摩娑著的精美鷹形石墜子，俏臉現出難以形容其萬一的驚悅神色，道：「這不是和田石嗎？雕工美極了。」

龍鷹道：「這是我在于闐城最具規模的玉石店特別爲美修娜芙買的，現在當然變成美修娜芙的生日禮物。據玉石店的老闆說，冰川的水從崑崙山流下來，將沿途的奇礦異石沖帶到下游的和闐河，和田石便是從那裡採來的美石。」

美修娜芙拋掉毛氈，投進他懷裡去。

札陵湖和鄂陵湖，相隔二十多里，形成遼闊潮濕的河區，水草豐美，大片的草灘上，放牧著毛羊和犛牛，氈帳處處，令他們大有重返人世之感。

到達札陵湖，已是離開沱沱河十二天後之事，若非日夜趕路，時間會多一倍。

看著天鵝、大雁、野鴨、魚鷗在湖上嬉鬧飛翔，他們心中的歡暢，怎都沒法充分以言辭表達。

他們受到牧民的熱烈歡迎，非因他們是橫空牧野的朋友，而是因這個罕有人到，與世隔絕的地域，任何外來人都是不尋常的喜慶事。當曉得他們橫過羌塘，從高原的最西面走到這邊來，牧民更奉他們如神。

兩湖的水產豐富，以冷水無鱗魚爲主，卻有不同的種類，例如花斑裸鯉、三眼魚等等。天蒼湖茫，在湖岸旁溜目四方，處處佳景，賞之不盡，人馬都不願遽離，卻又不得不離，與牧民們依依道別後，帶著他們誠心的祝福，繼續行程。

地面雖間有綠色的嫩草，但仍是以黃色的禾草佔絕大部分，綠色的植物只起點綴的作用，在藍天白雲底下，禾草黃地氈般直鋪往地平，令人胸懷擴闊，不會視之爲畏途。

龍鷹忽然叫道：「我的娘！是否我眼花看錯？神鷹又回來了。」

在背後摟著他腰的美女嬌呼揮手，狂喜嚷道：「神鷹呵！我們在這裡！」

神鷹從高空俯衝而下，一個盤旋，飛臨美修娜芙香肩上，抓得美人兒雪雪呼痛。

龍鷹大笑道：「眞正的鷹爺請高抬貴爪，千萬不要在美人兒完美的肉體弄出幾道血痕來。」

雪兒不用他吩咐，早放開四蹄，朝出現遠方地平的百多騎飆刺去了。

第八章　久別重逢

橫空牧野緊緊擁抱龍鷹，眼泛熱淚，激動的道：「龍鷹確是我橫空牧野肝膽相照的兄弟，義薄雲天，知我有難，立即不顧生死的趕來，蒼天作證，橫空牧野非常感激。」

龍鷹抓著他雙肩，推開少許，細審他的臉容，歎道：「老哥辛苦了，小弟打打逃逃，順便活動筋骨，哪算一回事？哈！只要能再見著便好了。讓我們再次並肩作戰，將邏些城從奸賊手上奪回來。」

橫空牧野神采如昔，過去兩年的殘酷鬥爭，沒有在他臉上留下痕跡，只是清瘦了少許。風過庭和萬仞雨從左右兩邊擁抱他們，亦是胸懷壯烈，為龍鷹的無恙而來，流露真情。隨來的二百戰士，人人祭出兵器，吆叫喝采，向龍鷹致敬，聲音迴蕩草原上空。

橫空牧野的熱淚終於淌下，語氣卻是興奮歡欣，大聲道：「我的兄弟鬥智鬥勇，於敵人千軍萬馬重重包圍下，憑孤身單騎，殺出重圍，說走便走，鬧個天翻地覆，又於敵人封鎖山路下，神不知鬼不覺的抵達高原。在我們正為美修娜芙那妮子擔心得要命時，二十天前邏些城忽然傳來天大喜訊，到羌塘攔截你的敵人竟傷亡慘重的回去，欽沒晨日倚仗的吐火羅高手覓難天又引咎請辭，不理欽沒那賊子如何挽留，仍不顧而去，由此可見他在我的兄弟手上，吃了多大的苦頭。」

提到美修娜芙的名字時，金髮美人兒撲到龍鷹背上，激動的哭起來。

萬仞雨歎道：「你這小子眞有一手，憑一人之力，竟逼退對方千多精銳戰士和高手，據傳對方死傷者近二百人。我的奶奶，怎可能的？」

橫空牧野道：「此事轟傳邏些城，欽沒一黨人人難以安寢，我則聲勢大盛，附近十多座戰堡全向我投誠，令我的兵力驟增至一萬五千人，已有與欽沒一戰之力。」

風過庭道：「早知沒人可奈何我們的鷹爺。」

龍鷹道：「戰爭已到了最關鍵的時刻，我們現在採取的每個行動，勢直接影響最後的勝負。來！讓我們立即舉行高原上第一個軍事會議，決定我們的未來。」

這番話是以吐蕃語說出來，鏗鏘清脆，眾戰士聞之立即爆起更熱烈的歡叫聲，草原也被喝采聲晃動。

營帳內，攤開四尺見方的布帛，展示了吐蕃國的山川形勢。

剛才的二百戰士，是隨來的先頭隊伍，大軍陸續抵達，還有大批騾子和犛牛，運來糧貨物資，到黃昏時，草原的這個角落，已集結近六千兵員。

旌旗似海，營帳處處，士氣如虹。

現在再沒有人懷疑，龍鷹正是另一個「少帥」寇仲。

橫空牧野道：「現時欽沒在高原上的總兵力達八萬之眾，如將從南面回來的聯軍計算在內，兵力達十一萬人，純以人數論，他們佔著絕對的優勢。」

帳內六個人，因沒有人比他更清楚敵我形勢，都在靜聽他的分析。

除龍鷹、風過庭和萬仞雨外，還有林壯。他今次成功領得風過庭和萬仞雨登上高原，且因兩人助力，擊退了圍攻眾龍驛的敵軍，立下大功，被橫空牧野擢升爲主將。

另一人叫田木金方，是橫空牧野親弟，同屬王族人物，體型高碩健壯，武技強橫，是橫空牧野手下三大將之一，年紀不過三十，年輕有爲。最難得是冷靜沉著，非是只逞匹夫之勇者。

橫空牧野冷然道：「敵人在兵員上雖大幅領先，卻是似強實弱。先是以二萬人圍我戰堡，不但久攻不下，還因我得萬兄和風兄援手，將他們擊退擊潰，萬兄和風兄更斬殺了他們三名大將，此役之後，邏些城有幾個與我一直關係良好的權貴，均派使者來和我暗通消息，可見不滿欽沒者，大有人在。」

目光投往田木金方，微一頷首。

田木金方恭敬的道：「三天之前，我們收到消息，近一萬五千人的先頭部隊，由欽沒的大將高傑作主帥，從邏些城開出，直逼而來，看情況似是要牽制我們，使我們沒法分兵對付從阿爾金山回來的聯軍。」

萬仞雨向龍鷹解釋道：「今次我們到這裡來與你會合，正是要先擊垮長途跋涉回來的聯軍，順勢收復緊扼兵馬道，位於眾龍驛東北的多瑪戰堡。敵人的圍城軍兵敗後，包括其主帥賴靖雄忽必多，部分人逃到此堡去，現時的兵力該不足二千之數，其中不少是傷兵。」

吐蕃並沒有像中土般的大城池，而是規模小得多的戰堡，選擇一地的險要處，建起堡高牆厚的戰堡。以堡壘的標準計，卻是規模宏大，內中不但有屯兵之所，還有廟宇、糧倉、種植場，扼要處則設箭樓，水源充足，易守難攻。

高原地大人稀，戰堡是最合宜宣示一地主權的象徵和設施。

橫空牧野接下去道：「如果我們沿河東行，兩天馬程可抵達多瑪戰堡，只要拔去這座孤堡，東面一帶的所有戰堡，將盡入我手，回來的聯軍，亦是我囊中之物。」

龍鷹問道：「在正常情況下，要攻破現時情況下的多瑪戰堡，需多少時間？」

橫空牧野歎道：「每座戰堡均經精心設計，像多瑪戰堡便位於大河北岸的虎守山上，三面均爲絕嶺，只南面有斜道直登堡門。只要有數百人，便可守個十天半月，否則早給我們攻陷了。」

龍鷹終掌握到高原上戰爭的與別不同。亦正因如此，橫空牧野可以活到今天。

風過庭皺眉道：「要攻陷戰堡，必須以優勢兵力，重重圍困，斷糧斷水，又或以奇兵突破之，幸好有鷹爺的腦袋在，必可想出辦法。」

眾皆失笑，氣氛輕鬆了點。

龍鷹微笑道：「我嗅到陷阱的氣味。」

橫空牧野不驚反喜，道：「願聞其詳。」

龍鷹道：「關鍵處在敵人打鑼打鼓而來，從邏些城開出，朝我們地頭進軍的部隊。他們雖擺出先鋒兵的姿態，使我們誤以爲還有隨後而來的主力大軍，其實正是欽沒的惑敵策略。」

萬仞雨道：「是預感還是分析呢？」

龍鷹道：「兩者兼而有之。由於欽沒在眾龍驛和羌塘接連受到挫敗，所以此戰不容有失，如果這麼容易被我們看破他的意圖，只要關上戰堡的大門，堡內又有足夠捱上兩、三年的食糧用水，糾纏下去吃虧的是誰呢？屆時只要以守代攻，那陣腳未穩、手下士氣消沉的欽沒，肯定被我們拖垮。所以欽沒必另有厲害殺著，以挽回正似江河下瀉的頹勢。先告訴我，欽沒現在究竟有多少可用之兵？」

田木金方代橫空牧野答道：「當日在邏些城來攻打我們戰堡的敵人達八萬之眾，包括近三萬突厥兵在內，欽沒可說精銳盡出，雖成功攻克戰堡，但傷亡慘重，至少萬人上下。後又千里追殺我們，加上圍堡之役，再折損萬多人。所以現在雖號稱有十五萬兵，但稱得上精兵的人數該不過四萬，又要留重兵駐在首都，可以拿出來見人的兵員，頂多是五至六萬之數，其中包括不少臨時強徵回來的兵員。」

龍鷹大喜道：「那便該是一萬至一萬五千人哩！」

萬仞雨啞然笑道：「又在賣關子，你究竟想到甚麼呢？」

龍鷹道：「任何稍通軍事的人，也曉得絕不該打兩條戰線的戰爭，否則只會左支右絀被人按著來揍。貴國的欽陵夠厲害了，一面在青海湖和我們開戰，另一方則在西域南征北討，爭奪安西四鎮，結果如何，大家有目共睹，最後連小命都賠掉。」

橫空牧野道：「這麼說，兄弟是同意我們先取多瑪，再殺回來的聯軍一個落花流水，然後掉轉箭頭，應付西來的敵人大軍。唉！你剛才的語氣卻似另有想法。我現在開始明白，爲何突厥人這般怕你，連我這個做兄弟的，也感到你有鬼神莫測之機。」

龍鷹道：「初時我也有這個想法，現在見你們亦這麼想，可知欽沒亦有同樣的想法。既然欽沒看穿我們，當然另有手段。哈！告訴我，在邏些城和眾龍驛間，最強大是哪一座戰堡？」

連熟悉他的萬仞雨和風過庭，對他突如其來，岔遠了的一句話，仍感摸不著頭腦，遑論其他人。

一直沒有作聲的林壯，衝口而出道：「該是橫斷山脈之西，唐古拉山脈之南，位於雅魯藏布江之北的波窩戰堡，十天快馬可抵西面的邏些城，是欽沒的重兵所在，軍力逾萬。」

龍鷹拍腿道：「小弟終看到勝利的曙光，鬼才有閒情和欽沒拉拉扯扯，老子要一刀捅入他的心窩。哈！爽透了！」

見眾人呆瞪著他，聽他自說自話，尷尬道：「請恕小弟一時興奮，因猜到欽沒那混蛋的手段。大家請設想以下的情況，欽沒擺出大舉來犯的高姿態，正是要逼我們不得不攻打多瑪戰堡，使回到高原來的聯軍孤立無援，進退兩難。可是多瑪戰堡在有備之下，隨時可令我們久攻不下，那時聯軍殺至，我們勢陷被夾攻的劣境，最佳的情況亦只能是相持不下之局，就在此時，敵方忽來一萬至一萬五千之數的精銳生力軍，突然發動偷襲，我們可以捱多久？」

萬仞雨道：「這支敵軍是從哪裡鑽出來的？怎可能瞞過我們？」

橫空牧野鼓掌道：「精采！精采！眞精采！這支軍正是由波窩潛來的敵人精銳戰士，渡過怒江、瀾滄江，避開眾龍驛，採偏西的路線，過沱沱河，循龍兄到札陵湖和鄂陵湖的舊路，遠程奔襲正泥足深陷的我們。如此確可避人耳目，千里不覺。」

龍鷹道：「只要給我二千人，我不但可殺得這支萬人精銳戰士一個不留，還可乘勢奪取波窩戰堡，動搖欽沒的根基，那時只憑政治手段，便可令邏些城重入王子之手。」

橫空牧野皺眉道：「二千人不嫌太薄弱嗎？」

龍鷹胸有成竹道：「更重要的是，王子必須守穩現時的地盤，以龐大的兵力，突擊的戰術，務要對方補給困難，更欺突厥人不慣高原乍寒乍熱的氣候，水土不服，一旦多瑪戰堡養不下這麼多人，出現缺糧的情況，兼之冬天是兩個月後的事，我包保軍上魁信要倉皇撤走，不敢多留一天。這叫四兩撥千斤，何用與他們硬拚？」

田木金方大喜道：「聯軍中大半是突厥人，餘下的兵力，即使加上多瑪戰堡的兵員，仍沒能力向我們任何一個戰堡發動攻擊。」

龍鷹道：「給我的二千戰士，必須是最精銳的戰士。每次作戰，我都是用智不用勇，欽沒再沒有周旋下去的本錢，所以孤注一擲，抽空波窩的兵力施展千里奔襲的奇兵之計，不要說二千人，一千人便可攻破波窩。何況我會令敵人不察，直至我們登上牆頭，方曉得我們的存在，人多了反易被敵人察覺。」

橫空牧野眼射奇光，沉聲道：「兄弟！我終於掌握到你所說的勝利曙光。當波窩落入我手上，扼緊邏些城東面的咽喉，突厥人又慌惶退兵，將會有更多的戰堡歸附我。」

龍鷹笑道：「不是有更多的戰堡，而是所有戰堡，包括首都在內。」

風過庭苦笑道：「這小子總愛瞞著一些事。當日這小子從桌下提起盡忠的人頭，在下因過度高興，忘了揍他一頓，但確應狠揍他一頓的。」

帳內爆起哄笑。

龍鷹遂把欽沒指使花魯，與大江聯合作從事人口販賣的事詳細道出。

橫空牧野道：「竟有此事，岱仁巴農囊札和開桂多囊還是背後的指使者，真令人無法想像。」

龍鷹道：「若我所料無誤，整件事是大江聯寬玉想出來的陰謀，故先有你老哥在大江遇襲一事，又有貴王遇刺身亡。行刺貴王的說不定是秘族的死士，只有他們方有此潛蹤匿跡的耐性和本領。」

腦海裡不由泛起萬俟京的面容，此人極可能是秘族第一高手，只有他方有此能耐。卻沒有說出來。

萬仞雨道：「眞不明白秘人爲何如此爲突厥人出力？」

橫空牧野雙目噴出仇恨，道：「這筆賬遲早和突厥人算，現在先扳倒爲虎作倀的欽沒、岱仁巴農囊札和開桂多囊。」

又沉吟道：「不！攻陷波窩後，我會發表聲討欽沒的檄文。所有罪責，包括勾結大江聯進行人口販賣、背棄盟誓、刺殺先主、與支清麗私通、挾持幼主諸般天地不容的惡行，全歸諸他身上。這是政治手段，他有沒有做過並不重要，選擇信他或不信他，都是從利益出發。當王族大官嗅到欽沒敗亡在即的氣味，會全投到我這一邊來。」

轉向龍鷹道：「兄弟！我們又要暫時分開。明早我會返眾龍驛去，留下二千人給你，田木金方和林壯均隨你去，當然少不了你兩個好兄弟。」

又對田木金方和林壯道：「今次是由鷹爺全權指揮，你們只是爲他打點行軍事宜。明白嗎？」

兩人歡天喜地的轟然答應。

橫空牧野啞然笑道：「美修娜芙還是首次不服從我，可是她偷溜去會你後，我卻沒法生她的氣。剛才見到她，還差點想讚她溜得好、溜得妙，只是苦忍著沒說出來。」

眾皆莞爾。

萬仞雨道：「那種擔心，是沒法形容的。怕她找不著你，那表示你沒法潛往高原來。又怕她找到你，惹起敵人驚覺。西面全屬敵人的勢力，要闖數千里路，實在難比登天。」

風過庭道：「我們也猜到你會利用羌塘的可怕環境避過敵人追捕，只沒想過你竟可逼退對方大隊的追兵。」

橫空牧野興致勃勃的道：「你是怎樣辦到的呢？」

龍鷹道：「我是邊打邊談情說愛。哈！羌塘並不是那麼可怕，還不時有鮮魚果腹。小弟最怕的是沙漠，聽到『沙漠』兩個字便發抖。如果王子不介意，請讓美修娜芙隨我去。」

橫空牧野道：「她是你的女人，你愛怎麼樣便怎麼樣，不用得兄弟我的同意。哈！」

萬仞雨摸摸肚子，欣然道：「該是野火燒烤的時間哩！讓我們一邊醫肚子，一邊聽中土說故事的第一高手，以他誇大失實的一貫方式，告訴我們如何在沙漠逃生，又越過封鎖，登上高原，然後橫跨千里，從高原的西面來到東面的動人過程，如何？」

眾人笑著離帳出外，結束了這個決定高原未來命運的軍事會議。

第九章　以小制眾

以龍鷹爲首的二千精銳戰士，全速推進，另有騾子和犛牛組成運送糧貨物資的隊伍，從後方徐徐趕來，兩天後抵達可可西里山東端，立營設寨。

有風過庭的神鷹做探子，方圓百里之地，有甚麼風吹草動，將瞞不過牠那雙俯瞰大地的銳目。這一帶處處可見在高原生活的鷲鷹，部分的體型更接近神鷹，魚目混珠，不虞敵人覺察。

龍鷹著手下們好好休息，養精蓄銳，以應付即將來臨的大戰。自己則和萬仞雨、風過庭和不肯有片刻離開的金髮美女，策騎朝沱沱河的方向走。

從波窩到這裡來，必須越過唐古拉山口，所以一旦掌握了敵人的策略，其路線已全在算中，不怕摸不著敵人蹤影。

四人三馬，在草原縱情飛馳，好不痛快，直至抵達沱沱河東北面的丘陵山野，方歇下來休息。

四人坐在高處一堆亂石處，遙觀高原落日壯麗動人的美景。

美修娜芙知禮的沒有坐到龍鷹的腿上去，依偎著他道：「我們從黃河的源頭，又回到大江的源頭呵！」

坐在龍鷹另一邊的萬仞雨點頭道：「感覺的確古怪，令人胸懷擴闊，且知永遠不會回復以前的模樣，這就叫經歷了。」

風過庭長身而起，往另一邊走上幾步，踏上一塊大石，仰頭找尋愛鷹的蹤影，聞言道：「只有我們三兄弟，才曉得能在這裡一起看夕陽裡的沱沱河，是多麼難能可貴的事，亦只有出生入死後，始可以在感覺上如斯深刻動人。」

萬仞雨道：「風公子的話很有意思，我們亦是患難見眞情，現在更可以在大地最高的草原，並肩作戰，人生至此，復有何求？」

美修娜芙迷醉的道：「你們說的話眞動聽。」

龍鷹別頭細審她若如靈山起伏、似刀削般分明的輪廓，笑道：「幸好美修娜芙先遇上小弟，否則肯定會嫁給他們其中之一。」

萬仞雨啞然失笑道：「小子眞懂拍馬屁，這句話是最好的奉承。美修娜芙的美麗，只要看一眼，像大江的源頭般，永遠不會忘記。」

美修娜芙給哄得發出銀鈴似的笑聲。

風過庭道：「鷹兒有發現哩！」

三人朝南瞧去，在唐古拉山脈於地平處冒起的連綿雪峰襯托下，神鷹從小黑點不住擴大，往他們飛來。

到了他們上方，神鷹先盤旋數匝，方俯衝而下，落到風過庭曲起來的手肘處，威武萬狀。

美修娜芙忍不住問道：「風公子從何處得到這麼懂事的巨鷹？」

風過庭避而不答，臉上掠過傷感的神情，沉重的道：「有機會再告訴美修娜芙。」轉向龍鷹和萬仞雨道：「來的是敵人的先鋒部隊，人數不多，該是探路的性質。」

萬仞雨如釋重負道：「我剛才還擔心敵人不來，現在放心哩！龍小子確是料敵如神。」

風過庭道：「敵人很有本領，來得這麼快。」

龍鷹道：「若在日出前可目睹敵人的先鋒隊伍，則勝負已分，就看他們有多少人可活著離開。」

一陣長風吹來，寒意驟增，提醒他們高原處於熱和寒兩個極端的日和夜。此一剎那正是寒熱的分界時刻。

風過庭同意道：「說得對，如果敵人晝夜不停的趕路，直至到達沱沱河南岸才立營休息，當是身疲力倦，更抵擋不住我們的突襲。」

萬仞雨向龍鷹道：「照你估計，敵人的主力大軍何時開至？」

龍鷹沉吟道：「由於騾子和犛牛行走緩慢，明天黃昏前抵達沱沱河，已很有效率。可以想像由於多瑪被王子截斷交通，欠缺糧食物資，加上又要應付從南面返來的眾多兵員，今次敵人的奇兵部隊，必兼上運送物資糧貨的重責。」

風過庭道：「如此，敵人會在沱沱河南岸結營，好好休息，待人馬回復體力，然後渡過沱沱河。」

萬仞雨道：「應否立即通知田木金方和林壯呢？」

龍鷹目光投往沱沱河，笑道：「這地方一目了然，我們看見的，他們也看得見，何況早擬定好作戰計劃，便讓他們安心休息，明夜借黑暗的掩護潛過來，更爲妥當。」

萬仞雨道：「敵人倚河設營，我們的部隊還要渡過寬闊湍急的沱沱河，始可發動攻擊。」

龍鷹悠然道：「敵人自會建橋修路的讓我們走，何用擔心渡河的問題？在來此之前，他們至少越過比沱沱河大上一倍的怒江，經驗豐富呵！」

美修娜芙貼著他耳朵道：「看到你談笑用兵的神氣模樣，美修娜芙情動哩。」

龍鷹既甜蜜又怕被兩人聽到，連忙續說下去，道：「所以今晚我們可以好好睡一覺，一切待明天再說。如有敵人接近，我會自然醒覺過來。」

風過庭笑道：「你可安心和美修娜芙卿卿我我，繼續說永遠說不完的情話。監視敵人的大任交給我的乖鷹兒，若有異動，牠會弄醒在下。」

美修娜芙不依的扭動嬌軀，嗔道：「風公子偷聽人家說話。」

萬仞雨大笑而起，過去扯著風過庭朝遠處走，道：「我們到另一山頭睡覺，以免無意中偷聽到美修娜芙向龍小子說的枕邊話。」

翌日清晨，約二百人的先鋒隊抵達沱沱河，派出偵騎，沿岸搜探，其他人就在南岸豎起十多個營帳，探測河段的深淺急緩。

龍鷹等仍藏身對岸丘陵區的疏林裡，看著對岸敵人的活動。

萬仞雨問道：「是時候了嗎？」

龍鷹好整以暇的道：「讓他們多休息兩晚，好過陪我們在這裡捱冷。」

風過庭笑道：「你的話於理不合，可知又另有鬼主意。」

萬仞雨道：「是否要執著你襟口才肯說？」

龍鷹探頭往石外看一眼，笑道：「小弟怎敢，只是想待敵人建立浮橋，部分人已渡河，天一半地一半之際，方祭出絕活，目標是不費一兵一卒，卻贏得扭轉整個高原形勢的全面勝利。」

美修娜芙嬌聲道：「夫君大人呵！怎可能沒有折損呢？敵人的兵力遠在我們之上呵！」

龍鷹輕鬆的道：「美人兒沒聽清楚嗎？我說的是不費一兵一卒，而不是與敵交戰。」

風過庭欣然道：「早看穿你是另有詭計。」

龍鷹道：「戰爭有戰爭的手段，政治有政治的手腕。你道政治是甚麼呢？就是不管他奶奶的甚麼歪理，也要正氣凜然的說出來，好像天經地義的模樣。何況我說的是正理，加上壓倒性的優勢，保證聲到功成。哈！以政治手段解決一場戰爭，還有更爽的事嗎？」

萬仞雨和風過庭終於明白過來。

到午後時分，敵人的大軍陸續抵達，在沱沱河沿岸設置營帳，建立起簡單卻有效的防禦工事，又在高處放哨，盡顯精銳之師的雄姿，軍容鼎盛。

黃昏時，大隊騾子犛牛，負貨而來，南岸的廣闊地區，塡滿騾、牛、馬嘶鳴的聲音，熱鬧得像個市集。

萬仞雨咋舌道：「只是犛牛，已超過三千頭。」

風過庭道：「人數更在我們估計之上，接近二萬五千人，只是這批人，已有足夠實力攻打眾龍驛。」

龍鷹道：「人愈多愈好。哈！人多好辦事嘛！」

萬仞雨失去笑的興致，沉聲道：「若你的政治手段行不通，怎麼辦？」

龍鷹雙目魔芒遽盛，道：「那就是他們的時辰八字生得不好，沒法回家與妻兒團聚。」

接著將計劃說出來，由美修娜芙以吐蕃文寫成書信，放入帶來的小竹筒，繫在神鷹腳上，由牠送返可可西里山的營地去。

接著的兩天，敵人夜以繼日，憑帶來的粗索、浮筒和木料，建起三條浮橋，到第三天清晨，開始渡河。

首先越橋的是騎兵，牽馬過橋，到正午時，逾萬人成功渡河，在北岸設置營地，兵衛鎮守四方。每個行動，以至於兵員的分佈，均合乎兵法，可見主事者是深諳軍事的人。

要擊敗這般一支精兵絕不容易，何況對方人數在己方十倍之上，隨時會遭反噬之禍。

入黑後兩個時辰，敵人全體渡河，立即拆掉浮橋，忙個不休。對方就像一條扯緊的弓弦，沒法歇下來好好休息。

卸貨運貨，安頓騾馬，各類聲響，在河岸區的空間迴盪。

大草原忽地颳起狂風，吹得其中十多個營帳連撐架拔起，營地一陣混亂。接著驟雨打來，天地一片迷茫，弄得營地的燈火大半熄掉，敵人均躲進營帳避雨，包括設置在四周高處哨營的哨兵在內。

冷風加上寒雨，絕不是鬧著玩的，患上傷寒，更會致命。

田木金方此時領著千五人，全體穿上厚衣雨具，來至他們所在離敵人五里遠的丘陵林野，靜待時機。

田木金方來到四人間，低聲道：「一切依鷹爺的指令行事，林壯的五百人亦進入崗位，準備就緒。嘿！我們究竟要幹甚麼？」

龍鷹低聲說出大計，最後道：「我們先潛往敵人外圍的哨營，制伏西面的敵人後，然後進逼敵營，最重要是神不知鬼不覺。記著，萬勿傷人。」

田木金方召來三百個從手下裡挑出來的好手，由龍鷹、萬仞雨和風過庭各領一隊，朝哨營潛去。

離天明尚有個把時辰，大雨收歇，但仍下著毛毛細雨，大地充盈寒濕之氣。

就在此時，北面里許遠處，傳來戰鼓之聲，一下一下的敲著，像魔咒般直傳進敵人的心底去，於此敵方人人身疲力累之際，尤覺其勾魂攝魄的威力。

駭然失神下，衣甲不整的敵人從各營帳蜂擁而出，號角聲響徹營地，亂成一片，加上燈火不足，人馬撞成一團，宛如末日在此刻降臨。

逼近至半里之內的龍鷹等人，在高丘的黑暗裡隔岸觀火的欣賞敵人的亂況。

龍鷹笑道：「現在對方是被我們按著來揍，人多有屁用？只會更添混亂。」

萬仞雨看著對方逐漸從亂趨整，集結成隊，離營在三面佈陣，苦笑道：「如果你的手段不生效，現在我們便是錯失了擊敗敵人的天賜良機。」

龍鷹道：「時機永遠存在，只看你有沒有掌握的本事。不要看對方似模似樣，事實上是外強中乾。先不說長途跋涉後，沒有好好休息，現在還要出來捱冷，最關鍵處是士氣消沉，作戰目標不明確。田木金方你來告訴我，若你是他們，究竟為甚麼而戰？」

田木金方張大口，卻說不出話來。只有戰鼓的聲音不斷鳴響，聽聲音該近了很多，隱隱傳來馬嘶人喊的吵聲。

龍鷹的指令，正是著林壯營造出大批兵馬不住逼近的假象。

龍鷹得意的道：「看吧！他們根本不知為何而戰，要對付的更是一向受景仰的大帥橫空牧野。是時候哩！讓我和我的秘密武器一起出動，創造高原上的軍事奇蹟。」

又笑道：「寶貝秘密武器何在？」

美修娜芙「噗哧」嬌笑道：「寶貝在！」

龍鷹正容道：「上馬！」

正當敵人的注意力集中往北面的前方，突如其來右方傳來急驟的戰鼓聲，失驚無神下人人給嚇了一大跳，驚弓之鳥的敵人無不心寒膽落，一時失了方寸。

此時北面林壯和他的五百人，在暗黑裡現出幽靈般如眞似幻的幢幢影子，由於是一字排開，加上假人眞馬，確是聲勢浩大，充滿威懾力。

敵人也不知該注意哪個方向，在號角聲的指示下，人人緊守崗位，準備應付侵犯。

龍鷹等人於此時出現了。

萬仞雨和風過庭各高舉熊熊烈燒的火把，龍鷹肩托著不世神器接天轟，領著金髮垂肩的美人兒，在火光照耀下，策著神駿的雪兒，登上最接近敵人、離外圍兵陣約千餘步的一處隆起的土堆上，面向敵人。

不過大部分敵人的目光只懂落到美修娜芙身上，想不到會在戰場上，如此情況下，得睹豔蓋高原的絕色，亦從她身上聯想到橫空牧野，不由戰意再減弱幾分。

田木金方領著千五精騎，一字橫排的出現在後方火把餘光照射之處，若現若隱，營造出莫測其多寡的威脅壓力，擺出隨時縱兵強攻的姿態，令敵方更不敢輕舉妄動。

驀地龍鷹將接天轟放到腿上去，掏出摺疊弓，張開，另一手拔箭，架在弦上，弓成滿月，箭矢離弦而去，平射入敵陣。連串的動作，如行雲流水，煞是好看，像是百戲表演。

敵人紛紛搜尋箭蹤，看是射往哪裡去。

勁箭離弦後，像消失了。

「噼啪」一聲，敵陣其中一支寫著欽沒名號的大旗，忽然折斷，原來竟是被龍鷹射出的勁箭，摧枯拉朽般射折了。

沒有人肯相信自己的眼睛。

若非龍鷹吩咐在先，美修娜芙定會嬌呼喝采，拍爛手掌。

接天轟又來到手上，繞身揮舞，最後在龍鷹的頭上旋轉如風車，發出呼呼嘯響，反映著兩邊的火把光，懾人至極。

忽然接天轟收到身後，龍鷹以吐蕃語喊話道：「本人乃韋乞力徐尚輾兄弟龍鷹，誰是主事者，請來與本人對話，否則休怪本人大開殺戒。」

一個沉雄的聲音回應道：「現在是兩軍對壘，還有甚麼廢話可說的？本人杉歷，根本不把你這外來的中土人放在眼內，夠膽給本將放馬過來。」

只聽他的回應，便知他頗有智謀，非是易與之輩，更懂點出龍鷹是外人，好激起手下們敵愾同仇的微妙心態。

美修娜芙笑臉如花的道：「大將軍此言差矣，若說任用外人，誰及得上你的欽沒大人？天竺人和突厥人是那弒主奸賊的兄弟嗎？但龍鷹卻是我們吐蕃人的朋友，王子的兄弟，怎算是外人？」

龍鷹怕他口出污言，侮辱美修娜芙，仰天笑道：「敢問一聲！我若在此處發箭，最接近的這排兵陣裡，有多少人能活著回去與妻兒團聚。大將軍若是有種的話，請到這邊來與手下生死與共，甚或身先士卒的殺過來。大將軍意下如何？」

整個戰場，靜至落針可聞，只餘呼呼寒風，和火炬獵獵作響之音。

第十章　盟誓大典

蹄聲響起，二十多騎從廣闊敵陣正中處，往這邊馳來，緩而不急，開路的數騎舉著藤盾，怕了龍鷹的冷箭。其中兩騎高舉火炬，照明前方。

美修娜芙低聲道：「在持旗兵前和號角手後的兩人，右邊的是杉歷，乃支清麗的親弟，在軍中資歷很低，全賴支清麗的提攜，故可登上主帥之位，滿肚子壞水，聲譽很差。左邊那人才是能征慣戰的猛將，叫達因防，一直是鎮守波窩的大將，王子很看得起他。」

龍鷹咕噥道：「希望他也尊敬王子。」

以杉歷為首的一行人，移至三重戰陣的後方，離龍鷹等足有一千五百步遠，可說遠在任何膂力特別的神射手射程之外。一般來說，箭矢在數百步外已難有準頭，何況千步開外？

杉歷冷笑道：「我來哩！龍鷹你又能奈何本將嗎？」

本應為他歡呼喝采的戰士，卻人人抿嘴不作聲，可見此人是如何不得人心。

龍鷹一手將接天轟插入馬旁地面，另一手提起掛在鞍旁的摺疊弓，拉滿弓弦，大喝道：

「看箭！」

弓弦驟響。

前排的敵人大駭下舉盾擋箭，杉歷也大吃一驚，知龍鷹必以自己為目標，忙往後仰身，反是他身旁的達因防看出龍鷹拉的是空弦，一動不動。

龍鷹長笑道：「原來大將的膽色如此不濟，難怪要躲到重重人牆之後。哈！我又有個新主意，就由我和大將單打獨鬥一場，如果大將能擋我三招，我龍鷹掉頭便走，永遠不回高原來。」

剛坐直身體的杉歷，丟盡面子，惱羞成怒，不過他生性多疑，見龍鷹不住觸怒自己，擺明是誘他主動出擊的詭計，又猶豫起來。

他身旁的達因防提醒道：「千萬不可出擊，亦不宜出擊，到天明時看清楚形勢，方可擬定策略。」

杉歷此時羞怒交集，怎聽得入耳，不悅道：「本帥自有分寸，不用別人指點。」

達因防臉色微變，閉嘴不言。

他們的說話和神情，怎瞞得過龍鷹，盡給他收進眼裡耳內。長笑道：「大將是否驚魂未定，忘記回答是否有大戰三回合的膽量？哈！只是三個回合，不是三百回合。」

杉歷被氣得暴跳如雷，厲聲道：「你當我是三歲小兒嗎？本人在沙場南征北討之時，你仍在女人的懷裡吃奶！」

龍鷹截斷他道：「沒可能的，小弟自幼被男人收養，男人何來奶子？你亦從未南征北討過，只是狗仗主人勢，作威作福。」

杉歷忘掉一切，正要著號手吹響推進的號角，龍鷹又大喝道：「看箭！」

由於有空弦事件在前，所有人的目光均落在他拉弦的另一手處，雖然距離遠，亦清清楚楚看不到長箭的影子。

弓弦勁響，比上一次空弦更急更勁，且是朝高空放射，即使不是空弦，亦是漫無目標。

萬仞雨和風過庭的火炬同時下移，龍鷹又把摺疊弓高舉過頭，沒入忽明忽暗的陰影裡去。

敵我雙方無不呆瞪龍鷹，不知他再拉空弦，有何意義。連在他身旁的美修娜芙亦不知他葫蘆內所賣何藥。只有萬仞雨和風過庭與他的心意水乳交融，明白他在做甚麼。

杉歷正要嘲弄他重施故技，忽感有異，「砰」的一聲，不知天上降下甚麼硬物，重重擊中他面門，來不及發出死前慘呼，往後墮跌。

變化太突然了，對方人人呆若木雞，難以相信的瞪著杉歷的空騎，雖明知是龍鷹施展手段，可是千五步的距離，又在親兵環護下，怎可能辦得到？

達因防不看倒斃馬下的杉歷半眼，大喝道：「所有人不准動！」

沉重的呼吸聲此起彼落。

杉歷既死，指揮權落到達因防手上，更何況大部分人均來自他波窩的舊部，自然以他馬首是瞻。

龍鷹心叫僥倖。

這是他首次沒有信心可命中目標，因爲難度太高。

當他拉弓之際，右手的「乾」從袖內彈出，落到弓弦上，此時他排除一切顧慮，純以心眼去瞄準，集中魔勁魔氣，將「乾」勁射高空，循著優美的弧度，一擊成功。弓在明，「乾」在暗，創造出另一個戰場奇蹟。

龍鷹往後方的田木金方招手，後者知機的策馬趨前，來到龍鷹和美修娜芙之間，敵陣一陣騷動，顯然認出他是王族人物，橫空牧野的親弟。

田木金方大喝道：「告訴我田木金方，你們是大吐蕃的勇敢戰士嗎？」

敵方絕大部分人沉默著，有人欲言又止，只有疏疏落落肯定的回應。但對方以達因防爲首的一眾將領，並沒有惡言相向，反應已屬正面。

田木金方繼續大喝道：「告訴我！你們擁護赤德祖贊，像我和兄長韋乞力徐尚輾般，誓死爲他效命嗎？」

今次和應的人多了數倍，高聲應是。

龍鷹的注意力集中在達因防的身上，見他雖仍抿嘴不應，但聞言後雙目亮了起來，顯然去除了對橫空牧野，會取稚子贊普之位而代之的疑慮。而此必爲欽沒晨日派與橫空牧野的罪狀之一。

田木金方見對方反應轉熱，更是慷慨激昂，振臂高呼道：「告訴我，是誰勾結突厥人，令我大吐蕃四分五裂，陷於內戰？」

「鏘！」

達因防拔出佩劍，狂喝道：「欽沒晨日！」

他附近數千戰士，見主帥回應，情緒高漲，隨他呼喊道：「欽沒晨日！」遠處的戰士弄不清楚帶頭回應的是誰，但聽到戰友們轟然和應之聲，也隨之呼喊欽沒晨日之名，可知厭戰的情緒，瀰漫全軍。

龍鷹、萬仞雨和風過庭三人無不在心中暗讚田木金方，他煽動敵人投向橫空牧野的手段非常高明，先詰問兩個對方定必同意的問題，營造出雙方站於同一立場的氣氛，安對方的心，然後說出一個沒有人可以質疑的事實，到達因防帶頭回應，大局已定。

田木金方以他可能發出最激昂的大叫，高喊道：「只有韋乞力徐尚輾，才能誅殺奸佞，回復大吐蕃團結和平的局面。」

包括己方的所有戰士，人人高舉兵器，高呼韋乞力徐尚輾之名。

龍鷹拔起接天轟，以魔勁喝出轟傳全場的巨音，道：「赤德祖贊！」

回應更趨激烈。

田木金方知時機已至，高嚷道：「我們立即舉行盟誓，誓討奸賊欽沒晨日，宣誓效忠赤德祖贊。」

一時間，大草原全被戰士們的呼喊喝采掩蓋。太陽在東面現出曙光，雲散雨收，像蒼天亦在和應他們。

吐蕃的政權，是從部落聯盟的基礎上發展起來的，故而朝內朝外的權勢人物，均屬各部落的頭兒，能影響一方。最強大的部落成了王族，其他部落的主要家族則成宦族，兩者間實存在諸般矛盾，而維繫他們主從關係的手段，便是從悠長歷史發展出來的「盟誓」，所謂「一歲一小盟，三歲一大盟」，有點像中土幫會的「歃血為盟」，具有神聖的約束力。

所以田木金方打蛇隨棍上，立即要求對方全體將士，與由他代表的橫空牧野，舉行盟誓。那便再不用怕對方有異心。

盟誓有固定的形式，以馬、牛爲牲，先告於天地、山川和日月星辰，齊聲唸出盟誓內容，然後殺牲咒道：「惟天地神祇共知，有負此盟，使爾身體屠裂，同於此牲。」

草原的盟誓儀典，到正午結束，田木金方和林壯召集投誠諸將，舉行會議。眾戰士因再不用防範，全體進食休息，化干戈爲玉帛下，氣氛和平融洽。

龍鷹等不便參與對方會議，策騎往沱沱河的上游，遙觀大江發源處的壯麗雪川。擊殺支清麗親弟杉歷的「乾」，回到了袖裡去。

龍鷹在一塊大石坐下，伸個懶腰。

風過庭訝道：「美修娜芙一向和你秤不離鉈，爲何竟不隨你來？」

龍鷹道：「她倦得要命，說要躲進帳內，好好睡一覺。」

萬仞雨笑道：「我倒想看看她疲倦的樣子，因從未見過。」

風過庭在他右邊的大石坐下，道：「現在大局已定，欽沒晨日只餘待宰的分兒，波窩更是橫空牧野囊中之物，可以想像波窩以東的所有戰堡，均要望風景從。這個爛攤子你的兄弟有足夠能力去收拾，我們應否趁大雪來臨前，從西山道下于闐，再取道綠洲捷道，趕往龜茲去？」

萬仞雨道：「我也有此意。」

龍鷹道：「就這麼決定。田木金方已放出信鴿，知會橫空牧野這邊的發展，待見他後，交代兩句，立即起程。」

說畢把臉埋入雙掌裡。

萬仞雨道：「在爲美修娜芙頭痛嗎？」

龍鷹頭大如斗的呻吟道：「路途凶險，現在默啜殺我之心更盛，她是不該隨我們去的，但怎可能說服她呢？」

風過庭道：「千萬不可讓她以身犯險，你須說服她。」

龍鷹歎道：「我試著辦吧！最後怕要出動橫空牧野才成。」

風過庭和萬仞雨也爲他頭痛，美修娜芙對龍鷹的癡纏，是有目共睹的。閒聊幾句後，返回營地去。

龍鷹鑽入漆黑的帳內，躺在仍好夢正甜的美修娜芙旁，瞪眼瞧著帳頂。

外面遠處仍傳來臨河舉行的野火會的歡笑聲，本應以生死相拚的敵人，化爲相親相愛的朋友，是多麼令人欣悅的樂事。

愈和外族接觸，愈明白為何中土軍不是他們的敵手。除了表面顯而易見生活方式和習慣的不同，例如塞外諸族人人在馬背上長大，自少學習騎射，重聲譽，好勇鬥狠外，更深一層是部落戰士的特色。

不像中土的兵制，塞外民族是以地緣和血緣關係為基礎，戰士以地域、部落組編，不但互相認識，關係密切，且有機會父子、兄弟在同一戰隊的情況。如此情況下，作戰時自會緊密配合，縱死不退。故而每戰前隊盡亡，後隊仍進。

郭元振正是從外族的軍隊結構偷師，提出編伍時必須考慮兵員間不但須志趣相近，還要互相認識。

美修娜芙「呵」的一聲，轉動嬌軀。

一如以往般，龍鷹的手探進毛氈裡去，大感意外道：「為何穿著衣服？」

光著身子在被內等待夫君的愛寵，在美修娜芙來說是妻子的責任，用行動表示自己是完全屬於夫君的，任憐任愛。

龍鷹不解地看她。

美修娜芙雙頰在他視黑夜如白晝的魔目下，現出緋紅的害羞神色，不像以前只因情動而生出的紅霞，神態則是羞喜交集，誘人至極。

她輕輕道：「怕著涼嘛！」

龍鷹想起她在羌塘區，不理熱或冷，見到湖水便脫個一絲不掛，往水裡「噗通」一跳的迷人美景。大惑不解道：「怎會忽然怕著涼呢？」

美修娜芙小心翼翼，爬起來，投進他懷裡去，撒嬌的道：「都是因爲你。」

龍鷹用手逗起她俏臉，在她紅通通的臉蛋各香一口，大奇道：「與我有何關係？」

美修娜芙羞得要找地方鑽般道：「總之與你有關。」

龍鷹仍不以爲意，歎了一口氣。

美修娜芙緊張的道：「鷹郎有心事嗎？」

龍鷹艱難啓齒，道：「見過王子後，我要立即離開高原。」

美修娜芙欣然道：「是離開的時候哩！你已爲王子將失去的東西全要回來，且比以前所有的更豐碩。」

龍鷹硬著心腸道：「美人兒給我乖乖留在高原上，諸事妥當後我會回來接你返中原去。在此事上美修娜芙須乖乖聽夫君的話。」

出乎他意料之外地，美修娜芙沒有絲毫不高興的神情，吻他一口，咬著他的耳朵道：

「美修娜芙喜歡她的男人喚她作寶貝，人家為你生的孩子就叫小寶寶。」

龍鷹遽震一下，難以相信的道：「你不是哄我吧？」

美修娜芙羞人答答的垂下螓首，微一點頭。

龍鷹將她整個抱起，放在腿上，狂叫道：「竟然是真的！」

美修娜芙柔情萬縷的道：「是真的！到札陵湖時美修娜芙已察覺身體出現異樣情況，卻不敢告訴你，怕影響你。」

龍鷹歡喜得差些兒掉眼淚，緊擁著她，用盡心靈的力量，道：「我要你留在高原上，好好撫養我們的小寶寶，時機到時，我會來接大寶貝和小寶寶。唉！怎說好呢？我和女帝的關係，並不是表面那麼融洽。」

美修娜芙道：「知道哩！為了我們的小寶寶，美修娜芙可以做任何犧牲，這是報答得鷹爺恩寵的唯一方法。」

又輕輕道：「孩子出生時，你可以陪在人家身旁嗎？」

龍鷹想也不想的道：「我當然會在你身旁，看著小寶寶誕生到人世間來。」

美修娜芙獻上熱吻，嬌喘著道：「還有！在你離開前的每一個晚上，夫君要和人家歡好。」

龍鷹笑道：「這個還用說嗎？」

一雙手立即開始活動，輕憐蜜愛，又爲她寬衣解帶。

聽著她銷魂蝕骨的呻吟聲，龍鷹心忖自己已跨越魔極和魔變那道阻隔難關，魔種逐漸化爲道心。幸好自己仍是那麼好色，如果變爲不欺暗室，心如枯井的大德高僧，便糟糕透頂。

現在他比美修娜芙自己更怕她著涼，摟著她粉嫩滑溜，不論如何被太陽曝曬，仍保持雪般玉白的嬌體，鑽入毛氈裡去。

春色滿帳。

第十一章　西域形勢

本高舉欽沒晨日旗號的大軍，改爲提著橫空牧野的軍旗，加上幼主赤德祖贊的王旗，近三萬人的兵團，龐大的騾馬隊，聲勢浩蕩的攀過唐古拉山口，開赴波窩。附近戰堡望風歸降，留守波窩的戰士，曉得頭子達因防改投橫空牧野，不但大開堡門，堡將還親自來迎，接大軍入堡。

今次欽沒晨日調軍東征，行動倉卒，更向周圍一帶戰堡和民間強徵食糧、牲畜和物資，弄得民怨沸騰。在龍鷹的提議下，田木金方和達因防則從善如流，將大部分糧貨物資牲畜，歸還戰堡民間，這是戰爭期間，從未發生過的事，登時爲橫空牧野爭得良好的聲譽，將討伐欽沒大軍的聲勢，推上顛峰，朝野震動。

橫空牧野人未至，討伐欽沒的檄文已風傳各地，直達首都邏些城。檄文收窄打擊點，對其他人例如支清麗、岱仁巴農囊札、開桂多囊等一字不提，只詳列欽沒晨日諸般罪狀。由於所言屬實，字字擲地有聲，慷慨激昂。檄文內對赤德祖贊和其祖母赤瑪類則緊執君臣之禮，並在檄文裡自立盟誓，向朝野展示他橫空牧野對幼主忠貞不二之心。

在強大的實力支持下，配以政治手腕，不用攻打邏些城，橫空牧野已贏得決定性的勝利。

在支持橫空牧野的重臣大將擁護下，赤瑪類重新臨朝主政，先把支清麗軟禁，又褫奪欽沒晨日兵權，革掉他大論之職，改以莽布支拉松為大論，做好與橫空牧野和好談判的準備。

但明眼人均看到，岱仁巴農囊札和開桂多囊兩大欽沒的幕後支持者，仍然掌權，大論之位則換湯不換藥，雖換上聲譽較佳的莽布支拉松，仍屬他們黨派的人，赤瑪類仍被架空。不過這只是餘波小節。高原已被橫空牧野牢牢掌握，再不由其他人話事。

橫空牧野於龍鷹到達波窩後，在一千親衛的護送下，輕裝簡騎的趕至波窩，所到處牧民夾道歡迎，益顯其如日中天之勢。

橫空牧野擺出和平使者的姿態，向各歸降戰堡保證大吐蕃將不會再有戰事發生，國家從分裂變成團結。

曉得龍鷹三人須立即離開高原，橫空牧野當然不捨得，卻不得不無奈同意，到得知美修娜芙懷下龍鷹的孩子，則似比自己的女人懷孕更歡欣如狂。

是夜在波窩舉行大型祝捷會，犒賞大軍，上上下下開心雀躍，因和平已來到掌心之內，戰士們可以歸家和妻兒團聚。

酒酣耳熱之際，橫空牧野邀龍鷹到戰堡最高的望樓上，欣賞南面雅魯藏布江一帶的美景。萬仞雨、風過庭和美修娜芙知機的沒有跟隨，因知在明天起行前，橫空牧野有密話須對龍鷹說。

長風吹拂裡，西面看不到的遠處，是高原上偉大的首都邏些城，北面是雪峰連綿的唐古拉山，南面雅魯藏布江大水滔滔，岸地沃野千里，林湖遍佈草原上，在星空的覆蓋下，壯麗迷人，使人心懷無限地擴闊。

橫空牧野向正俯瞰遠近的龍鷹道：「兄弟！我非常感激。」

龍鷹笑道：「既喚我作兄弟，還要說客氣話嗎？」

橫空牧野道：「不說出來會不舒服，哈！美修娜芙像我般有眼光，一見你便許以終生，我則與你結爲兄弟。眞懷念在你們神都和大江的日子。」

龍鷹問道：「軍上魁信那小子滾下高原去了嗎？」

橫空牧野道：「到波窩後直至剛才，一直忙著安撫將兵，又要見從各駐地來的將領，沒時間向兄弟報告情況。林布雅曉得援軍向我歸降後，使人來表達投誠之意，軍上魁信聞訊後，立即匆匆退卻，循原路離開高原。突厥人今次失意高原，對他們勢是嚴重挫折，軍上魁信難免罪責，等於爲我們收拾掉突厥人的一員猛將。哈！只是突厥人意圖分裂我吐蕃，已令我有足夠藉口，與兄弟聯手對默啜用兵。」

又道：「對你，默啜不會罷休，兄弟離開高原後，必須小心應付。哈！我這番話是否多餘，天下誰能奈何我的兄弟？」

龍鷹苦笑道：「不要誇我，險些兒便沒命在此和你說話。想不小心也不成，提起『沙漠』兩字我便心顫腳軟。」

橫空牧野歎道：「鷹爺眞懂說笑。」

龍鷹關心的道：「小心敵人明的鬥不過你，卻使陰謀詭計，在現今的形勢下，如果你仍揮軍入邏些城，會予人言行不符的感覺。」

橫空牧野道：「現在還怎容岱仁和開桂兩人耍手段？所謂的軟禁支清麗亦不過是掩人耳目，以前首都內的事已瞞不過我，現在我更是瞭若指掌。祝旋宴前我見過赤瑪類派來的心腹密使，申明站在我這邊的立場，還明言可與我配合，盡誅奸黨。」

龍鷹道：「不會是另一個陰謀吧！」

橫空牧野道：「那就要看赤瑪類的行動。十二天後是高原的圓月節，我請求赤瑪類率領群臣，特別是那兩個傢伙，到附近的那拉山頂舉行祭日月星辰的儀式，那是我們本教聖廟所在處，我會埋伏高手，將兩人當場斬殺。若有異動，我會揮軍入城。哼！那時我還會客客氣氣嗎？」

龍鷹道：「聽你這麼說，我放心哩！」

橫空牧野道：「我們該如何對付突厥人？」

龍鷹道：「最痛快當然是並肩作戰，殺他們一個落花流水。不過一來我們的女帝為皇嗣的安排，今日想好的，明天又是另一回事。二來你們吐蕃剛歷大變，充滿厭戰的情緒，實不宜勞師遠征，否則其他人會視你為另一個欽陵。你應做的事，是讓軍民享受到和平的成果，休養生息。」

橫空牧野沉吟不語，眉頭大皺。

龍鷹抓著他肩頭道：「你們不用動干戈，也可以發揮天大的作用，只要鎮著東南的南詔，北面壓著突騎施，便可令西域諸國有好日子過，令我們沒有西面之憂。」

橫空牧野點頭同意，道：「說起突騎施，兄弟有幾句話想和你說。」

龍鷹道：「我正想問你有關突騎施的情況。」

橫空牧野道：「突騎施之於西域諸國，便像以前吐谷渾之於你們中土。一天吐谷渾仍在，我們仍難對貴國用兵。到欽陵將吐谷渾連根拔起，欽陵不但可將井中月據為己有，更得到大批生力軍，兵鋒直指青海湖。只因他自視太高，竟分兵去與你們爭奪安西四鎭，一旦在青海湖被挫，便出現首尾難顧的情況。爲保持優勢，幾抽空國力，惹起先王不滿，否則可能是另一回事。」

龍鷹倒抽一口涼氣，道：「多謝老哥提醒，我沒想得這麼周詳。」

橫空牧野道：「憑默啜的龐大軍事實力，兵精將良，要奪取西域諸國，易似探囊取物，而至今尚未成功，正因突騎施擋路。突騎施於突厥，便像奚與契丹的關係，同種同族，比我們兼併吐谷渾更容易，如發生此事，默啜實力遽增，西域十多個小國，將盡入其手。那時你們能守得住玉門關和陽關兩大關口，已非常不錯，遑論反擊他們。一句話，便如我們和貴國的戰爭，敵近我遠，絕對不利。」

龍鷹苦笑道：「我確天眞，還想先擊垮娑葛，再對付默啜。」

橫空牧野雙目閃動智慧的光芒，道：「若我是默啜，現時首要之務，不是殺你龍鷹，而是和娑葛修好。現在娑葛和部將阿史那忠節不和，國家陷於分裂局面，在默啜煽動下，欽沒那蠢貨曾派出一萬兵，由林布雅率領、助忠節抵抗娑葛，可知默啜正間接插手突騎施的家事，想從中取利。」

龍鷹明白過來，道：「娑葛形勢愈不利，愈有機會向默啜投懷送抱。」

橫空牧野道：「令情況更惡劣的是，忠節暗裡賄賂貴國的大臣宗楚客，希望得到貴國的支持，好與娑葛爭一日之短長。而直至不久前，娑葛仍視你們爲宗主國，但發生了很不幸的事，將情況推向極端。」

龍鷹訝道：「發生了甚麼事？」

橫空牧野道：「對西域的事務，宗楚客是隻手遮天，因貪大批的黃金，竟派出手下御史中丞馮嘉賓，攜他的親筆信，往見忠節，就在孔雀河被娑葛的人截著。宗楚客那封信內容如何，沒有人曉得，只知娑葛看後勃然大怒，親手砍掉馮嘉賓的頭，自立爲可汗，斷掉與貴國的君臣關係，又派出兇殘的弟弟，被稱爲突騎施第一猛將的遮弩，攻打貴國的邊塞城鎮。最慘烈的一役，是火燒城之戰，貴國的安西副都護牛師獎兵敗陣亡，遮弩更屠城洩憤，不留降卒。大勝後雖暫時退兵，但娑葛表明，若得不到宗楚客的人頭，絕不罷休。」

龍鷹雙目魔芒大盛，沉聲道：「此事難以善了，突騎施人稟性兇殘，像娑葛容許參師禪四出作惡，便可想像其他。遮弩如非得兄長默許，怎敢幹出此有傷天理的事？不是突厥滅突騎施，便是突騎施滅突厥，此事終有一天發生。參師禪來行刺我，是很不好的兆頭。」

橫空牧野道：「我只是希望你清楚目下西域的形勢，由你看著辦。哈！春宵一刻值千金，我的女兒在等著你哩！」

摟著龍鷹肩頭，離開戰堡最佳的觀景點。

祝捷會仍在熱烈進行中，橫空牧野順道慰勞在堡內其他地方舉行野火會的手下，龍鷹則返回主堂去，坐到萬仞雨身旁，卻不見了美修娜芙和風過庭。

萬仞雨笑道：「你的嬌妻現在最怕熬夜，提早返房休息，雖不好意思著我提醒你，你也該知今晚不宜讓她獨守空房。」

龍鷹道：「我們好像很久沒開過這方面的玩笑。嘿！說不定你回到神都時，聶大家抱著個白白胖胖的兒子來迎接你。」

萬仞雨若有所思，沒有答他。

龍鷹大喜道：「不是眞給我說中吧？」

萬仞雨沉吟道：「我不知道，不過離開神都前，芳華的神情確有點古怪。難道竟是有喜了，只是怕我遠行擔心，不說出來？」

龍鷹陪他高興道：「定是如此。不如你立即趕返神都，荒原舞兄妹的事，交給我和公子去辦。」

萬仞雨道：「當然不可如此，去也去得不安樂。事情有緩急輕重之分。一年之內，我們怎都可回到神都。」

接著雙目射出憧憬未來的異芒，徐徐道：「回神都後，我會帶芳華和孩子回奉天見父母，經歷這番出生入死後，希望能過點安靜的日子。」

龍鷹道：「不是要金盆洗手，退出江湖吧！」

萬仞雨有感而發，道：「到外面來見識過，方曉得以前自己的想法是多麼幼稚。只知一力匡扶大唐宗室，完全不明白國外的形勢是多麼凶險，現在我是失去方向感，不知該朝哪裡走。」

龍鷹道：「想不通的事，我習慣了不去想，又有謂『船到橋頭自然直』。我會在美修娜芙臨盆前趕回來，然後取東道落巴蜀，看看我們的『范輕舟』幹得如何有聲有色。你們不用隨我回來。」

又道：「公子到哪裡去了？到茅廁怎都不用這麼久。」

萬仞雨笑罵道：「你看不到我仍在吃東西嗎？真是大殺風景。你的王子兄弟，安排了兩個吐蕃絕色陪夜侍寢，他哪還有閒情理會我們？」

龍鷹湊近道：「沒有爲我們的萬爺安排嗎？」

萬仞雨罵道：「你當我是你嗎？快滾去找美修娜芙。」

龍鷹大力拍他肩頭，笑著離開。

黎明前的黑暗裡，龐大如小城，依山勢層層高起的廣闊臺地上，建築物延綿往上，宏偉的寺廟，高聳的殿宇，廣場連接廣場，仍是燈火處處，夜宴通宵達旦的進行著。

似是與世隔離的房間內，龍鷹與心愛美女美修娜芙，高燃愛火，相擁於床上溫暖的毛氈內。

聽著不時傳來的歌聲笑聲，龍鷹輕輕道：「雞啼哩！快天亮了！」

美修娜芙道：「只是夜鶯的聲音，還未天亮。」

龍鷹吻她一口，道：「天亮後你不用送我，好好睡一覺，昨晚怎哄你也不肯睡呵！」

美修娜芙道：「天亮你便走，怎可以睡覺呢？」

龍鷹心痛的道：「你不睡，孩子也不肯睡呵！」

美修娜芙「噗哧」嬌笑，道：「哪有這回事？小寶寶不知睡得多麼香甜。」

龍鷹啞然笑道：「做母親的如斯放浪，孩子便像坐在驚濤駭浪上的輕舟，哪可能安眠？」

美修娜芙嬌媚的道：「人家是你在房內帳裡的專用蕩女嘛！不放浪怎成？討好你是妻子對丈夫的神聖天職。」

龍鷹忍不住狠吻一番，道：「美修娜芙仍未答應我呢！」

美修娜芙嬌喘著道：「答應甚麼呢？給你親得甚麼都忘掉哩！」

龍鷹提醒道：「就是好好睡覺，不用送我。」

美修娜芙柔腸寸斷，淒然道：「美修娜芙多麼希望可隨你去。為了孩子，我絕不可以送你，怕會哭呵！更怕改變主意，要不顧一切的隨你去。」

龍鷹一陣心酸，差點告訴她會多留幾天，當然只可在腦袋裡想想。安慰她道：「我愈早離開，愈快回來。唉！」

美修娜芙忽地坐起來，顯露美景無限的女體，雙目輝射著動人的異采。

龍鷹隨她坐起來，抓著她兩邊香肩。

美修娜芙道：「鷹爺放心去吧！不論你去到天之涯、海之角，因著我們的孩子，美修娜芙仍是和鷹爺血肉相連，永遠沒有分開。」

又拉開毛氈，毫無保留向她的男人展示美麗的胴體。

龍鷹將她擁入懷裡，感動的道：「我的乖寶貝眞懂事，最要緊是保持開朗，以免影響胎兒。」

美修娜芙輕輕道：「知道哩！只要想到孩子有如此了不起的父親，美修娜芙想不開心也不行。」

龍鷹貼著她臉蛋道：「雞又啼哩！」

美修娜芙雙手纏上他，道：「是夜鶯呵！明天的太陽是我現在最不想見到的東西，快用你的渾身解數，哄人家睡覺，今次美修娜芙倒肯睡哩！」

龍鷹哪還不清楚金髮美人兒的心所欲何事，將她抱得貼體入懷，聽著她忘情的歡叫，嗅著她的體香氣息，心中想到的卻是戰堡外的河湖草原。

怎都沒想過，高原之行是在如此動人的情況下結束。

第十二章　漠北諸國

橫空牧野親自送他們一程，殷殷話別後，再由林壯率領一支五百人的精騎，護送他們。此時剛過中秋，天氣清寒，不過當炎陽高照時，仍是熱得要命。他們早習慣了一天之內見盡四季天氣，乍寒乍熱的氣候，比之沙漠，高原的大草原已等若仙境。何況沿途河湖密佈，美景無窮，又不用擔心有敵人，旅途輕鬆寫意。

因怕大雪提早降臨，他們全速趕路，離波窩十八天後，終越過喀喇崑崙山口，踏上下高原的山路。

途上遇上兩場小雪，仍難不倒他們，反是他們擔心林壯和他的人如何回去。是夜他們在一個小湖旁紮營，龍鷹問起林壯這方面的情況。

四人和另兩個副將圍著篝火，吃打來的野味。

林壯道：「我們今次的任務，首要是送三位到于闐去，若遇上敵人，不管對方是天王老子，也來個白刀子進紅刀子出。另一任務則是往見于闐王，向他轉達王子的話，順道接悉薰大人返回高原。我還要到蒲昌海向安天送禮，感謝他在此事上幫我們的大忙。如此沒有數個月，怎辦得妥這麼多事？到明年初春，我們才動身返高原去。」

萬仞雨道：「這麼浩浩蕩蕩的往于闐去，豈不是明著告訴敵人，我們來也？」

風過庭爲林壯解窘道：「不論人多人少，若對方有意監視，我們仍難逃敵人耳目。」

龍鷹道：「我們可來個明修棧道，暗渡陳倉之計。由於我們人多勢眾，令敵人探子沒法在近處觀察，只要找三個人穿上我們的衣服，混在隊伍裡，便可騙得以爲我們隨隊而行，事實上卻已偷偷溜掉。」

林壯大讚好計，道：「我再來一招將計就計，一邊使人前去知會悉薰大人，由他向于闐王轉述王子的話。另一方面則整隊人馬過于闐而不入，到蒲昌海去見安天。這樣的行程合情合理，走的雖然是遠路，卻令敵人摸不清楚三位大哥是返中土還是到別的地方去，不似于闐捷道般，讓敵人有跡可循。如有敵人在蒲昌海活動，絕難瞞過安天。」

三人同時叫絕，只奇怪爲何沒有想過，此謂之「一人計短，二人計長」。如果不是心切趕路，採這條路線將更易避開敵人。

他們現在的大敵，以突厥和突騎施爲主，兩國均有非殺他們不可的理由，且不怕武曌的報復。

林壯道：「有一件事不可不提，就是回紇的鐵勒諸部，自你們隋朝時，回紇興起。特健為回紇的俟斤，俟斤便是領袖的意思。其子菩薩更是勇武非凡，卻不為特健所喜，被逐出國，與隨從流浪時，遇上『少帥』寇仲、徐子陵和跋鋒寒，並肩在赫連堡附近的廢堡，憑十多人之力，抵禦由頡利親率的數萬大軍。此事轟動大草原，接著便是寇仲在奔狼原大破頡利。」（作者註：事見拙作《大唐雙龍傳》）

三人遙想當年，不由血脈沸騰。菩薩敢與寇仲等以一當千的對抗悍勇的突厥人，當然是非凡之輩。

林壯愈說愈興奮，道：「菩薩正因與寇仲的關係，得突厥另一可汗的支持，重返回紇，坐上俟斤之位。回紇在他管治下更為興旺，最著名的一役，是在你們大唐貞觀初年，菩薩以五千精騎，在馬鬣山打敗突厥十萬騎兵，威震塞北。自此回紇與鄰國薛延陀，互為唇齒，聯手抗衡突厥汗國。由於菩薩與寇仲是兄弟，一直與貴國保持良好關係，正是回紇的鐵勒諸部，主動稱大唐天子李世民為『天可汗』，菩薩之子吐迷度，更親率鐵勒十二部的首領，到長安朝覲。李世民則任吐迷度為瀚海都督。」

萬仞雨道：「你對回紇的認識，令我們汗顏。」

林壯道：「因為先祖正是回紇人，後在祖父輩時移居高原，在那裡落葉歸根。」

風過庭問道：「回紇在哪裡？主事者何人？現時與我們關係如何？」

林壯道：「回紇就在龜茲之北，突騎施之東，突厥的西北，該區域絕大部分是山野，疆界並不清晰，隨國勢強弱不住變化。現在回紇之主是獨解支，仍與貴國保持良好關係，但由於突厥勢大，佔領了他們不少土地，不過回紇及其鐵勒諸部，仍是不可輕侮的力量。」

龍鷹問道：「回紇和鐵勒是怎麼樣的關係？」

林壯道：「回紇等於老大，鐵勒諸部則是十多個部落，惟老大馬首是瞻。當然！他們同源同族，只是姓氏不同。」

龍鷹笑道：「聽你一晚的話。勝過派探子去打聽十年。夜哩！我們回帳休息，明早再趕路。」

三天後，他們離開山區，抵達平原。林壯先派出偵騎，十人一組的搜索遠近，不但沒有發現，商旅也不見一人，際此秋盡冬來的時分，沒有人敢冒險登山。

不知不覺，離開長安快一年了。

龍鷹等先隨大隊往東走，到離于闐只一天馬程的地方，他們紮營休息，等待黑夜的來臨。

林壯派人四處放哨，再憑龍鷹的靈應，又或神鷹在高空的眼睛，即使來的是秘族戰士，也沒可能避過他們耳目。

林壯與他們到營地附近一座高坡上說密話，道：「今次軍上魁信受挫而返，且賠上大江聯整個顛覆我吐蕃的奸計，該是意興闌珊，黯然回國，就看默啜會否宰了他來洩憤，還是看在凝豔分上，饒他一命。加上他沒想過你們捨中土而取龜茲，所以沒有在這邊守候，是合理的。」

風過庭道：「我們最顧忌的秘族戰士，爲何直至今天，仍不見一個？」

萬仞雨道：「縱是初時算錯我們的路線，以爲我們經青海湖直赴高原，後來也知需要調整策略吧！」

龍鷹向林壯道：「軍上魁信和林布雅能在大小幽靈將我們截個正著，是否大出你意料之外？」

林壯點頭道：「可說做夢也沒想過，且是二萬多人，如此深入沙漠腹地，只要來場特大的沙暴，人馬傷亡過半，毫不稀奇。」

三人想起沙漠，餘悸未消，均感林壯沒有誇大。不論你有多少兵馬，比起浩瀚無涯的沙漠，仍是非常渺小，可被大漠一口吞噬。

龍鷹道：「我們早遇上秘人了！就像當日突厥大軍在秘人領路下，橫渡沙漠，潛入契丹境內，向契丹新城發動突襲。今次敵人能在庫姆塔格精準地攔截我們，亦因有秘人帶領，穿針引線。只是我們尚未有機會和他們短兵相接。秘人說不定正藏在軍上魁信的隊伍裡。」

萬仞雨倒抽一口涼氣道：「幸好我們鷹爺英明神武，不逃反進，在盡得地利下方突圍逃走，如果亡命的掉頭逃往沙漠，今天肯定不能活著回于闐。」

林壯感激的道：「全賴鷹爺，我林壯方能撿回小命，現在且立下大功，被王子提拔上我夢裡也未敢妄求的位置。」

龍鷹苦笑道：「各位兄弟不用拍我馬屁，要拍該拍雪兒的眞正馬屁。若論在沙漠與秘人比拚腳力，我早輸個一塌糊塗，全賴雪兒發揮生命的力量，載我逃出沙漠，否則差點掉命。」

四人想起當時本有死無生的情況，均心叫僥倖。

萬仞雨看著西下的太陽，道：「橫豎尚有點時間，林壯大將可告訴我們突厥人附近，尚有哪些有戰鬥實力的民族呢？」

林壯道：「除突騎施和回紇外，尚有薛延陀和黠戛斯，其他則爲較小的民族，難有何作爲，適供依附其他強族之用。」

稍頓續道：「至於回紇，我還有些補充，就是回紇並不像它的強鄰，只可視之爲各同種族部落的大聯盟，部落平時各自爲政。回紇原是鐵勒一部，鐵勒還有僕固、同羅、拔野古等部落。回紇『建國』後，盡得漠北鐵勒之地，在九姓鐵勒的基礎上，發展爲九姓回紇。九姓便是藥羅葛、胡咄葛、啒羅勿、貊歌息訖、阿勿嘀、葛薩、斛嗢素、藥勿葛、奚耶勿。近年突厥人勢大，九姓各自遷徙避禍，其中又以僕固爲回紇內最強大的部落，其俟斤歌濫拔延被貴國封爲右武衛大將軍，兼任金微都督。」

風過庭頭痛道：「漠北的情況原來如此複雜，在長安起行時，還以爲只有突厥和突騎施。看來回紇的實力，不在突騎施之下，否則早被突厥滅掉。」

龍鷹問道：「薛延陀又是甚麼傢伙？」

林壯道：「關於漠北諸族的事，大部分是從祖父傳下來的，加上我特別注意，不時向從北面回來者打聽有關消息，故比別人知多點。」

萬仞雨笑道：「你不是知多點，而是瞭若指掌，只是大堆名字，便非常欺人。」

林壯道：「至於薛延陀，本是鐵勒諸部最強的一部，但因多彌可汗暴虐無道，惹得回紇各姓部落群起攻之，又被貴國派出李世勣對其征伐，薛延陀大小諸部四散逃亡，再沒法凝聚力量，名存實亡。近年也沒出過能復興薛延陀的人物。」

天色轉暗，星辰嵌滿夜空。

林壯道：「黠戛斯原為鐵勒諸部之一，由於地處極北，地理環境特殊，氣候嚴寒，大河流也半年冰結，發展出風格特異的國家，人人身材高大，赤髮白臉綠睛，男少女多，勇武善戰，男的在手上刺花，女則在頸後，而不論男女，都掛耳環，非常易認。他們最出名是時有天降『雨鐵』，黠戛斯人採得這種從天上降下來的異鐵，鑄成特別鋒利的武器，以高價賣給各部落的首領，其中幾把，更成為塞外最有名的神兵奇器。不過突厥近年勢大，默啜強逼黠戛斯人，每年須向他進貢九件『雨鐵神器』，令黠戛斯人非常不滿，當然是敢怒不敢言。大致來說，突厥人的西北，便只有突騎施、回紇和更北的黠戛斯，現時突騎施不住擴展，勢力往安西四鎮南探而來，以碎葉城為大牙，弓月城為小牙。突厥人與突騎施的爭霸戰，處於一觸即發的緊張情況。如非娑葛與大將忠節不和，娑葛恐早趁突厥人在東塞受挫，發動戰爭。」

龍鷹欣然道：「終搞清楚突厥人北面的情況，差不多哩！是我們離開的時候了。」

三人藏身在一片密林處，在暗黑裡默察遠近，看有沒有敵人暗跟在林壯等人的後方。密林位於崑崙山南麓，與于闐大綠洲接壤，是山區和草原的交會處，地形複雜多變。

萬仞雨斷言道：「今次我們眞的撇掉了敵人，原因在敵人再沒法掌握我們下一個目的地。」

風過庭看著在高空盤旋的神鷹，問萬仞雨道：「當日你打聽到龜茲去的道路，問的是何方人士？」

萬仞雨道：「全是國老爲我安排的人，保證可守口如瓶。當時我已明白，只要不讓人曉得我們到哪裡去，便成功了一半。」

來到塞外西域，任三人武功蓋世，比起任何一方的敵人，仍是不成比例的勢孤力弱，如一直被人追著來揍，左一頓右一頓的，最後吃虧的肯定是他們。

大家都明白，關鍵處是神不知鬼不覺的到達龜茲，尋得荒原舞和花秀美，始能大有作爲。否則只是陷於自身難保之局。

龍鷹雙目發光的道：「既然連武承嗣也不知我們是要到龜茲去，當然沒有消息洩露之虞。我們就來個徹底的易容改裝，大搖大擺的通過捷道到龜茲去。」

萬仞雨洩氣道：「突厥人探子處處，還有虎視眈眈的秘人，我們只是騎馬而非騎駱駝招搖的穿過沙漠，又來歷不明，且是三個人，不惹人注意才奇怪。」

龍鷹道：「我們不是沿大小綠洲，一直朝北走嗎？騎馬有啥稀奇？」

萬仞雨哂道：「你這小子仍在做夢，而我是唯一清醒的人，那晚在波窩，你兩個去了風流快活之際，我則去請教曾到過綠色捷道的人。在春夏水旺之時，確如你所想的，一條寬十多至三十里的綠色走道，兩邊夾著黃沙，從南至北的穿過死亡之海，蔚爲奇觀。可是秋冬斷流時，河道消失，或許仍有斷斷續續的小綠洲，卻非那麼容易找到，很容易失之交臂。你們最好心中有個準備，在這行人止步的斷流時節，罕有人循此路線穿越沙漠，只比死亡之海其他地方好上些兒。」

龍鷹苦笑道：「豈非又要到沙漠冒險？比起塔克拉瑪干，其他沙漠只是小兒科。」

萬仞雨道：「這還不是最大問題，以你老哥的靈銳，該不會錯過途上的綠洲水源，問題在我們太礙眼了，等於送上門去給敵人追殺，可以這麼說，如沒法神不知鬼不覺的潛往龜茲，不如不去。」

風過庭道：「還有另一個方法，就是先抵蒲昌海，依安天說的沿孔雀河北上，由於地域廣闊，要跟蹤我們並不容易。」

龍鷹想起答應過美修娜芙臨盆前返高原的承諾，道：「太花時間了。哈！窮則變，變則通，我有個提議，只怕你們捨不得。」

萬仞雨道：「只要不是自斷一腳扮跛子，有甚麼捨不得的？」

龍鷹道：「你這小子眞懂說笑。我說的捨不得，是我們的馬兒。」

萬、風兩人早聽過他把雪兒留在草原荒野區泡母馬的趣事，眼睛都亮起來，但又有點擔心。

風過庭道：「你的雪兒是馬王，當然天不怕地不怕，我和萬爺的馬兒雖可算馬中的高手，但早養馴了，怕牠們不習慣。」

龍鷹道：「哪有這種事，經你們悉心改造後，牠們均非凡馬，警覺性又高，遇上狼群亦應付得來。何況牠們像我們般，結成一黨，互相照應，只要再加入野馬群，肯定樂不思蜀，度年如日。哈！那我們便可去買三峰駱駝，扮作行腳商人，大搖大擺的到龜茲去。」

風過庭道：「的確不宜讓牠們到最可怕的大沙漠受苦。我還有一個提議，是讓鷹兒與牠們一起在這裡享受美好的時光，互相照應。」

龍鷹記起神鷹在沱沱河旁降到雪兒背上，又與雪兒嬉玩的情景，叫道：「好主意。」旋又不解道：「神鷹怎肯離開你？」

萬仞雨也露出好奇神色，看風過庭如何回答。

風過庭仰望天色微明的上空，似不欲他們看到他的神情，以帶點傷感的沙啞聲音答道：「我有個手法，可令神鷹長留此地。」

兩人均感到他有不願吐露的心事，知機地不再追問。

龍鷹往雪兒走去，湊在牠耳邊說了一番話，又以手勢比劃整個綠洲。片刻後，雪兒似是明白了他的意思，歡欣跳蹄。

三人忙為牠們解掉韁繩，卸下馬鞍，雪兒噴著氣用頭去碰風、萬兩人的坐騎，牠們又互以鼻子嗅對方，不一會同時嘶鳴，雪兒領頭衝出密林，接著另兩匹馬兒邊回頭邊隨雪兒去了，還愈奔愈快，變成三個小黑點。

天上神鷹一聲鳴叫，追著牠們，在天空不住盤旋。

風過庭笑道：「鷹兒曉得牠們得到一段時間的自由，非常羨慕，我去做手腳了。」展開腳法，朝雪兒三馬的方向追去。

龍鷹道：「我還要把接天轟找地方藏起來，只攜烏刀，然後扮醜神醫，先到于闐探路。你和公子一切停當後，立即來于闐城會我。」

萬仞雨欣然答應。

沒可能解決的事，忽然間全辦到了。

第十三章　神秘任務

龍鷹進入于闐城，舊地重遊，熟門熟路，先到曾光顧過的玉石店，重重出手，以五兩黃金買了二十多片羊脂美玉，無不經他的魔目精心挑選，心忖只要帶返中土，找巧匠精心雕琢，成形成器後肯定價值不菲，做買賣賺錢似乎不太困難。拿來送給心愛的美女，更可討佳人歡心。

又到市集，買了一批衣服，變成揹在背上的包裹，接著離開內城，混在人流裡，不徐不疾往駱駝王開設，位於外城邊緣的駱駝場舉步。

經過一排食肆時，忽生感應，一雙如有實質的凌厲眼神，落在他身上，先打量他的體型，最後朝他的醜臉看，才移往別處去。

龍鷹不敢回望，心中叫苦，這雙可不是一般高手的目光，而是秘人的眼神，令他有似曾相識的感應。

難道萬俟姬純亦身在于闐，她怎可能猜到他們會再回于闐來？若是如此，他們的所謂瞞神騙鬼般到龜茲去的大計，等同送死。在沙漠裡，他們更鬥不過秘人。

現在是斷流時節，綠色捷道會被風沙掩蓋，剩下零星因地下水湧出而成的綠洲，情況只比死亡之海其他地方好上一點，因而商旅絕跡。他們三人縱使易容改裝，又坐駱駝，但怎瞞得過秘人？

一邊頭痛，一邊進入敞開大木柵做生意買賣的駱駝場。

縱目瞧去，除百多丈外的幾座木構建築物外，左右是一個個大圍欄，每個欄區內均有七、八頭駱駝，或站或坐，空間敞闊，毫無擠逼之感，駱駝們均顯得很安詳。左右方更遠處，是大片草地疏林，有駱駝在徜徉徘徊。

一時耳鼓充盈駱駝的呼氣嘶鳴之聲，鼻孔塡滿牠們身體和糞溺的獨有氣味。想到要騎牠們橫過沙漠，與之日夕相處，心中湧起古怪的滋味。

場內另有一組客人，卻非是尋常的顧客，主從分明，且從衣服神態看出是兩組人，一邊是身穿青衣的武裝大漢，另一邊的人穿的雖是各式于闐民服，但都是掛刀佩劍的好手，似是某一本地幫會的人物。

兩組大漢散在各處，形成保護網，隨著核心的兩個人，沿著欄柵舉步，徐徐而行。受簇擁的兩人，顯是有身分和地位者。

他們一高一矮，高者比龍鷹矮上寸許，年紀介乎四十至四十五之間，方面大耳，相貌堂堂，手腳粗大，一派高手風範，且是慣於發號施令的神氣。

另一人年紀稍長，中等身材，臉容清瘦，亦具高手的氣度，雙目閃閃有神，顧盼生威，不用穿上官服，仍有大官的款兒。

他們的相同點是神態一派氣定神閒，逕自指點駱駝說話，不像其他人般拏眼來看龍鷹。

龍鷹一邊往前走，同時運起魔功，立即把兩人的對答收入耳內。

高大的漢子說的竟是吐蕃語，道：「最好的駱駝也不管用，你不肯用沙漠鼠帶路，一旦迷路，後果不堪想像。沒有人這個時候到北面去的，還是聽我勸告，待和闐河復流再動身吧！」

矮的那人歎道：「我不肯用沙漠鼠，因從眼神看出他心術不正，怎能讓大王託付的珍寶和百多人的性命，交付在這種人手上？」

高大漢子道：「竟有此原因，莊聞大人精通相人之道，該不會看錯。我給大人提醒了，確曾有兩單與他有關係的大買賣，財貨在途上被那些天殺的薛延陀馬賊洗劫一空。唔！待會我使人把沙漠鼠抓起來，不吐實便打斷他的狗腿子。」

驀地龍鷹耳朵塡滿另一個聲音，說的是他不明白的于闐土話。

龍鷹不情願往截著他的大漢道：「你懂說吐蕃話嗎？我是來買駱駝的。」同時想到高矮兩人以這區域最流行的吐蕃語交談，便像自己和眼前此漢般，互不懂說對方的語言。

駱駝場的漢子道：「原來是買駱駝。我們的場只賣優質駱駝，想買頭差一點的也辦不到，價錢當然比別的地方貴。」

龍鷹生出頑皮之心，道：「既然全是相等的貨色，價錢是否一律呢？」

漢子微一錯愕，不過回心一想，只要把所有駱駝的價錢全與最貴價的駱駝看齊，還怕他甚麼。壓低聲音道：「我們這裡只收金子，一兩黃金一峰駱駝，任你挑選。」

龍鷹聽他故意壓低聲音，明白過來，故意失聲大嚷道：「一錠金子一峰駱駝，你在打劫還是搶錢？如果不是要節省時間，我憑兩條腿便可越過大沙漠。」

提到「大沙漠」，遠在十多丈外挑駱駝的兩人停止交談，往他看來。

漢子立即臉無人色，以蚊蚋的聲音道：「不想買便不要買，何用大呼小叫？唉！算你半兩好了。挑哪一峰？」

龍鷹隨手指點一近兩遠，分佈於不同圍欄內的三頭駱駝，又對所挑駱駝的特徵加以說明，不容漢子魚目混珠。一口氣說完後，漢子的臉色說有多難看便有多難看。

鼓掌聲起。

高大漢子領著矮的那人朝他走過來，二十多名大漢簇擁四周。

高大漢子讚歎道：「終於遇上個懂相駝的人。兄臺告訴我，爲何你只是隨意看看，竟挑中我駝場內最超卓的三峰駱駝？」

龍鷹早猜到他是在于闐民間最有權勢的駱駝王，崔老猴的好朋友。否則漢子不會因怕被大老闆聽到他胡亂開價，嚇個半死。

在駱駝王的手勢下，漢子鬥敗公雞般退往一旁。

矮的那人目光灼灼的打量龍鷹，並不因他的醜臉生出鄙夷之心。

龍鷹正是想惹起他們的注意，遂憑超人的靈覺露上一手。傲然道：「我狄端修閉上眼睛也可以嗅到遠方的水源，嗅到駱駝的血氣，從場內過千駱駝挑出三頭最好的，只是雕蟲小技，何足爲異？」

駱駝王朝矮的那人望去，打個眼色，看他的意向。

那人道：「閣下來自何方，要到哪裡去？」

龍鷹淡淡道：「這個請恕我不便透露。」

那人點頭道：「確不可沒有防人之心。本人莊聞，乃且末國的宰相，這位是駱駝王，正是此場之主。朋友奔波大漠，不外求財，如能說出來歷和去處，說不定可接我的生意，大賺一筆。」

龍鷹裝出心動的模樣，當然點到即止，絕不過火，道：「我是大沙海東蒲昌海出生的牧民，與兩個同族兄弟四處走貨，最愛鑽道路難走時的空子，低買高賣，賺夠錢後便去花天酒地，享受人生，花光了再來過。哈！我們還年輕嘛！」

眾人看著他的醜臉，均眉頭暗皺。

龍鷹心責又犯老毛病，忘掉醜臉的「年紀」。

駱駝王漫不經意的問道：「狄端修你剛走完那一條線的貨？」

龍鷹面對的一個是老得不能再老的老江湖，一個是長期置身險惡官場的大官，自己對這一帶的環境又所知有限，索性一半實話一半假話的交代出身來歷，以免被盤詰兩句立即露出馬腳。賭他奶奶的一賭。

狄端修則是來自三大心愛美女狄藕仙、端木菱和美修娜芙的名字。除端木菱外，其他兩女都與他有親密的肉體關係，美修娜芙還因他大了肚子，說出口時心裡也甜滋滋的。

答道：「我和兩個兄弟剛到高原走了一轉，取的是庫姆塔格沙漠的兵馬道，經大小幽靈，下高原則是崑崙西道，賣的是上等戰馬，晝伏夜行，所有戰馬均安抵高原。哈！在大沙海，只有我們能辦得到。其中當然有竅妙之處，但牽涉到生意上的秘密，請恕我不便吐露出來。」

駱駝王、莊聞等無不動容。

莊聞道：「高原不是正處於內戰狀態嗎？」

龍鷹知過了頭關，傲然道：「正是要發戰爭財，愈亂愈好，我們三兄弟武功高強，誰都不怕。不過內戰快要結束，韋乞力徐尚輾的一方，取得上風，攻佔了波窩戰堡，現在該已連邏些城也落入他手上。我們的三十四上等馬，正是賣了給他們，賺得近十兩黃金。」

駱駝王和莊聞交換個眼神，均看出對方心中的驚異。

駱駝王探手入懷，再拿出來時，一錠黃澄澄的金子出現在攤開的掌心處，從容道：「若兄臺肯告訴本人在沙漠保馬兒性命的方法，又能顯示探測水源的本領，這錠金子便是你的。」

龍鷹立即雙目放光，道：「這個容易，只要你不時餵和著鹽的水給馬兒喝，牠們便不畏熱毒。哈！這處是草原而非沙漠，如何可顯露我探測水源的超凡本領？」

莊聞插嘴道：「你是哪個族的人？」

龍鷹硬著頭皮道：「我是呼倫族人。」

這是他唯一在蒲昌海諸族叫得出名字的種族，對方如此查根究柢，可見對方運的貨非同小可，且有一定的風險。

究竟運的是甚麼東西呢？

肯定不是嬌滴滴的絕色美女，沙漠的風沙是美女的大敵，縱能安度，也要老上幾歲。

莊聞閒話家常的道：「你們的族長好嗎？」

龍鷹恭敬的以手掌按胸，道：「安天老當益壯，在八個帳幕間團團轉，仍一天比一天精神。哈！」

莊聞疑慮盡去，向駱駝王道：「呼倫族確有用鹽餵馬的風俗，原來竟有如此妙用。我認識安天，他與吐蕃人頗有交情，其子姪和吐蕃人交易，是合理的。」

駱駝王不為所動的盯著他道：「我這駝場內，有五口水井，狄端修你可告訴我每口井的位置嗎？」

龍鷹心忖該是最後一關了，閉上眼睛，徐徐道：「不是五口而是三口，最遠的一口水井在屋後五百步外，最大的也是這口井。另兩口井全在屋子的右邊，相隔只五十步。三口井都是來自同一的地底水脈，由南而來，往東北流去。」接著睜開眼睛，捕捉到眾人尚未退掉的驚駭神情。

莊聞看其他人的神情，已知給龍鷹說中，大喜道：「只要你能領我們穿過大沙海，抵達龜茲，我便給你三兄弟每人十兩黃金，亦代你買下那三頭駱駝，到龜茲後轉贈給你們。」

駱駝王道：「兄弟確有神乎其技的本領，完成此事後，可來找我，包保你們要多少女人有多少女人，囊中更有花不盡的錢財，本人從不薄待爲我效命的人。」

龍鷹道：「何時起行？」

莊聞道：「就是明早。」說出時間地點，著他必須準時。

龍鷹順口問道：「運的是甚麼貴貨？」

莊聞道：「這個你們不用理會，只須你帶我們到龜茲便成，其他一切，由我去應付。」

龍鷹愈發感到這任務的神秘性，且不會順風順水，否則何用「應付」兩字？亦知機的不追問下去，歡天喜地告辭離開，其喜悅神色，絕非裝出來的。

回到城外預先約定秘處的帳幕，萬仞雨坐在溪旁一塊石上發呆，該是掛念聶芳華和可能出生了的孩兒。

龍鷹卸下包裹，坐到他旁，道：「不如立即趕返中土，荒原舞兄妹的事由我們去處理。」

萬仞雨微笑道：「半途而廢，豈是我會做的事？縱能快點回去，也要終生有憾。只有歷盡艱辛，爲美人奪回龜茲樂衣，回中土後才可享受像遠征凱旋回家的樂趣。你這小子，我又怎放心你兩個人去冒出生入死的險呢?」

龍鷹道:「今次不用出生入死哩!」將遇上秘人和接下莊聞任務的事說出來。

萬仞雨苦笑道:「你這小子最懂趁火打劫之道,見縫插針。你奶奶的!告訴我,從這裡到于闐捷道的入口怎樣走?」

輪到龍鷹苦笑,攤手道:「有別的選擇嗎?怎都比被秘人追殺好上點吧!嘻!只要沿著和闐河走便成,到斷流處再憑老子的靈鼻帶路。」

萬仞雨道:「只能希望事情沒想像般的困難。」

又道:「你騎過駱駝嗎?」

龍鷹抓頭道:「該和騎馬差不多。哈!你還在笑。」

萬仞雨笑得前仰後合,大樂道:「老子便騎過。差不多?差遠了!牠們使起性子來,是生人勿近,我第一次裝貨到駱駝的背架上,每放一件到牠的駝峰上,牠都咆哮著,撕咬任何接近的人,我差些兒給牠咬了兩口踢了一腳。我拚命裝貨,牠則拚命想掙脫轡繩,情況亂得像末日來臨。駱駝最怕陌生的事物和人,隨時可狂奔而去,輕功差點休想追叛駝回來。你知道怎樣令駱駝跪下讓你騎上去嗎?唯一靠的是鞭子。不過你要記著,馴駝的第一戒條,是永遠將牠的需要,置於自己的需要之上。但不要以爲可像與馬兒般建立夥伴式的關係,只是互相尊重。」

龍鷹倒抽一口涼氣道：「駱駝大哥這麼難伺候嗎？」

萬仞雨道：「屆時看你笨手笨腳的爬上駱駝又給摔下來，誰都曉得新聘任的沙漠能手是從沒騎過駱駝的新丁。哈！眞想看看莊聞那時的表情。」

龍鷹曉得他不是幸災樂禍，而是因有計可施，心情轉佳，開自己玩笑。心中大感欣悅。

萬仞雨提醒道：「記著！駱駝分兩次站起來，不要甫登駱駝便給拋下來。哈！」

龍鷹陪他笑了一會，訝道：「公子還未回來嗎？」

萬仞雨瞧著下降的太陽，道：「早該回來了，他負責去買所需品。照龍能手的估計，多少天才可穿越大沙海呢？」

龍鷹沒好氣道：「你是明知故問，天才曉得要多少天。」

萬仞雨罵道：「你道我是故意刁難你嗎？這可能是我們的新老闆於第一天問我們的第一個問題，如說得太離譜，會被當場拆穿。」

龍鷹拍額道：「還是你想得周詳，多少天好呢？我的娘！現在想找人來問都沒法辦到。若給駱駝王發覺我們三個傻瓜，四處找人問路，不起疑才怪。」

風過庭回來了，大奇道：「你不是去買駱駝嗎？駱駝在哪裡？」

萬仞雨代龍鷹說出始末，道：「現在最頭痛是扮沙漠高手的枝節，其他則只好聽天由命。」

風過庭坐下來，道：「不用愁，這方面我已向一個懂說吐蕃語的老傢伙打探得一清二楚。且另有收穫，發現秘人營地所在處，但當然不敢接近。怕要出動我們鷹爺，方可摸清敵人虛實。」

萬仞雨道：「有多少人？」

風過庭道：「看營帳數目，該在一百到一百五十人之間。」

萬仞雨道：「多一事不如少一事，何況他們間說的是秘語，聽得也沒用。」

兩人點頭認同。

第十四章　神秘貨物

三人潛往與莊聞約定的出發點，因怕功虧一簣，於混進大隊前被秘人發現，故而小心翼翼，還採多種手段。

集合的位置在于闐城北的郊野，想不到的是于闐王派出大批兵馬，將往于闐捷道的通路完全封鎖，駱駝王又派來手下，監視出城之路，其中有人認得龍鷹的醜臉，熱情地領他們越過封鎖，此乃莊聞和駱駝王的安排，據領路的漢子所言，于闐兵會封鎖捷道七天，杜絕任何心懷不軌的跟蹤者，益發顯出此次穿越大沙海的行動，絕不尋常。

二百多頭駱駝，形成長至見首不見尾的大隊，近一百二十人作普通行旅打扮，正爲駱駝裝上貨物，另有五、六十人，在駱駝王押陣下，助且末人整理行裝，聲勢浩大，三人雖是見慣場面，但想起自己在冒充沙漠能手，隨時會出糗，不由心怯起來。

此地是綠洲的邊緣區域，白楊排列成行、綠樹成蔭，和闐河在平原上迂迴曲折的朝北流去，河漫灘上，土壤呈鹽鹼結殼，長滿長長的蘆葦茅草，河面寬闊。可以想像春夏水盛之時，如此大河在沙漠沖奔而過，河旁綠洲處處，確是天然的捷徑。不過現在冬天即臨，如此美景，將在北面十多里外消失無蹤，代之的是滾滾黃沙，他們便心中叫苦。

駱駝王、莊聞等和一個身長玉立的女子，立在一旁，觀看大隊準備的情況，見三人到來，駱駝王和莊聞露出歡迎的笑容，可是另一男子和那個女的，卻是目光灼灼的打量三人。男子還好點，純粹是對陌生人的警戒心，要掌握他們的虛實。那個女的卻是一臉看不起他們的神態，現出鄙夷之色，一副他們沒有走近她的資格身分的模樣。

不過三人現時的打扮，確令人不敢恭維，穿的是從舊衣店買來的殘舊于闐民族服，長滿鬍鬚，又故意把臉孔抹得粗糙黝黑，身上揹著大包小包，掛著兵器、長弓和箭矢，像窮得沒有隔宿糧的流浪漢。

那女子年紀該是三十出頭，立在駱駝王和莊聞間，顯然有身分地位，雖算不上出色美麗，卻另有一種成熟女子的風韻，加上豐滿至外袍也掩蓋不住的修長身體，五官精緻，乾乾淨淨，對男人仍有很強烈的誘惑力。

莊聞呵呵笑道：「三位果是信人，來！先介紹我們認識你的兩位兄弟。」

駱駝王雙目亮起來，落在風過庭和萬仞雨身上，讚道：「全是一流的好手，想不到蒲昌海竟有如此傑出的三兄弟，你們的父母定以你們為榮。」

女子現出不以爲然的神色，目光投往另一方向。

龍鷹介紹兩人道：「這是我的大哥和二哥，還不向莊聞大人報上名字？」

萬仞雨恭敬的道：「我叫文沖，他叫白原，見過大人們。」

當萬仞雨提到他的「名字」時，風過庭用掌按胸，以從呼倫人學來唯一懂得的問候語，咕噥兩句，維肖維妙，只要曾接觸過呼倫人，當知此爲呼倫人的禮數。

莊聞果然露出更放心的神色，先介紹旁邊的女子和男子，道：「這位是彩虹夫人。」

三人忙施呼倫族的敬禮，彩虹夫人微一頷首，當作還禮。

莊聞又介紹那男子道：「這位是我們且末國的風漠將軍，今次行軍的安全，由他負責。」

風漠現出笑容，道：「能遇上三位奇人異士，是我們的福氣。」

龍鷹正要客氣兩句，彩虹夫人出奇不意的冷冷道：「我要沒收他們的兵器弓矢，到龜茲後再發還他們。」

她說這番話時，似在觀看天色，目光沒投向任何人。光是這種傲慢的神態，已令人氣憤。

龍鷹三人你眼望我眼，都曉得沒法從命，特別是龍鷹的烏刀，落入其他人手上，會暴露他的身分，而不論萬仞雨或風過庭，亦是任何時刻都不會讓刀劍離手。

駱駝王眉頭大皺，卻不便說話。

莊聞一臉錯愕神色，沒想過彩虹夫人有此橫蠻之舉。他也是有智計的人，暗推風漠一把，著這個負責大隊實務的行軍總管，向彩虹夫人說話。

只從各人反應，便曉得彩虹夫人身分特殊，可左右莊聞和風漠的決定。

莊聞又向駱駝王打個眼色，後者知機的道：「我們讓夫人、大人，和將軍好好商量，待本人帶三位去看本人為你們挑的駱駝。」

駱駝王可不是彩虹夫人的下屬，更非且末人，彩虹夫人只能目送他們離開。

駱駝王與他們走遠了，方歎道：「女人總是女人，尤其長在王堡內的女人，不懂世情，三位勿要怪她。」

萬仞雨問道：「她是且末王的甚麼人？」

駱駝王低聲道：「她是且末王的堂妹。我說過便算，你們當做不知道。」

四人來到大隊旁，沿隊伍往隊頭方向走。

入目的情況，確如萬仞雨昨天說的，繁忙、混亂、喧嚷，駱駝不住跳腿咆哮，人們則鞭打控制，二百多頭只駝峰已高過龍鷹等人的龐然巨物，處於服從與不服從間的狀態，絕不是說笑的。

駱駝王解釋道：「我們也有養馴了的駱駝，但馴服代表的是老邁而沒火氣，捱不了多少路。所以眼前全是年輕的駱駝，年輕的便是這個脾性，不吃鞭子不安分。」

忽然後方一陣叫囂，原來是一頭駱駝掙脫韁繩，奔離大隊，幾個駱駝王的手下連忙飛身上馬，追駝去了。

看著逃駝如跳如飛的迅疾身法，萬仞雨和風過庭終領會到龍鷹當日能在庫姆塔格沙漠甩掉騎駝的敵人，是多麼幸運。

龍鷹收回目光，向駱駝王道：「這是甚麼東西？」

這段隊伍戒備特別森嚴，有十多人在兩邊站崗，觀其體型氣魄，是這百多精銳裡特別出色的好手。

吸引龍鷹注意的是一輛裝有八個像圓筒多過像車輪的堅固木車，沒有上蓋，只是個寬六尺長十尺的長方斗子，裡面不知載了甚麼東西，被厚布重重覆蓋，以組繩紮個結實。只看車輪輾過處的痕跡，便知所負之物重達千斤以上。

斗車由一頭沒負任何重物的駱駝拉拽，操控駱駝者已高坐於駝峰間的鞍架上，神態安詳，還別過頭來朝他們致禮。

整隊裡，數這頭拉拽斗車的駱駝最粗壯和安靜。

駱駝王沒有回答龍鷹的問題，欣然道：「這位是我的出色手下鐵剛，乃于闐的第一操駝高手。」又介紹鐵剛認識三人。

在他帶領下，三人繼續沿隊伍往前走。

駱駝王若有所思的道：「路上如遇上風險，請爲我照顧鐵剛。唉！他三個月前才娶了個如花似玉的疏勒姑娘，眞不願讓他上路。」

三人對他好感大增，以他的身分地位，如此有情有義，非常難得。

風過庭道：「鐵剛兄身手高強，請他照顧我們才對。」

駱駝王微笑道：「誰高誰低，這點眼力本人是有的，你們不必謙讓。」

萬仞雨忍不住問道：「這個旅隊究竟要送些甚麼到龜茲去？駱駝載的只是沿途所需的糧貨、物資、營帳和兵器弓矢。只剛才那拖車奇怪點兒。」

駱駝王語重心長的道：「目的地並非龜茲，至於要到哪裡去？運的是何物？你們不須知，更莫要問，做好嚮導的本分便成。」

龍鷹道：「可是聽駱駝王的語氣，途上會遇到風險，我們現在和大隊同乘一條船，不弄清楚點，會很吃虧。」

駱駝王道：「這方面須由莊聞大人決定可透露多少予你們知道。可以這麼說，如果不是看在與莊聞大人數十年的交情，在且末又處處維護我的利益，加上出言央求，我絕不肯放鐵剛爲他們出力。哈！到了。」

走了好一會，方從隊尾走到隊頭，可見隊伍的長度。

隊頭處昂然立著三峰空駝，粗壯高大，比隊內任何一匹更不服從，雖各被兩個駱駝王的手下大漢牽著，仍踏蹄咆哮，怎都不肯跪下，非常嚇人。

龍鷹訝道：「這並不是我挑的三頭駱駝，但血氣很好，比我挑的更優勝。」

駱駝王驚異的道：「似你般的相駝眼力，于闐沒多少人辦得到，這三頭是本人特別爲你們挑選的，不是錢可以買到。」

又指著位於最前方的駱駝，道：「這匹是我花重金從大食買回來的駝種配出來的，但也特別難馴，須看狄端修兄的馴駝本領了。」

三人暗叫救命，在沒有旁觀者下，他們還可想方設法，嘗試憑空想出來的馴駝手段，現今在眾目睽睽下，要顯出馴駝高手的本領，怎辦得到？

駱駝王含笑瞧著龍鷹，其他人的目光亦落在他身上。

龍鷹心念電轉，跳上駝背，輕而易舉，可是若尚未坐穩，駝大哥便狂跳亂躍，沒摔他下來時更掉轉長在長頸上的駝頭來咬他，還成何體統？

把心一橫，繞個小圈子，從兩漢間正面朝惡駝走去。

剛好駱駝朝前低頭咆哮，嚇得牽韁索的兩個大漢往後退，變成龍鷹單獨面對惡駝。發性子的惡駝毫不遲疑的往龍鷹照頭噬來。

龍鷹裝出馴駝高手的模樣，事實上亦是別無選擇，覷準駝口來勢，閃電探手，一把抓著駝頭。

惡駝正要張口噴出口涎和胃內髒物，龍鷹已早一步將牠的頭扭往別方，大蓬白沫夾雜著令人噁心不知名的物體，噴往空處，又將牠的頭扭回來，與惡駝目光接觸時，雙目魔芒遽盛，深深望進駝眼去，同時魔氣從掌心輸入，走遍惡駝全身。

奇蹟發生了。

惡駝立變馴駝，停止跳蹄咆哮，完全絕對的安靜下來，瞪著龍鷹。

附近所有人全停下手來，難以置信看著惡駝和龍鷹間發生的事，包括萬仞雨和風過庭在內。

龍鷹不放心，戒備著，收回按在駝頭的手。

惡駝驀地頭仰高空，發出嘶鳴，大異於先前哮叫，似是充滿興奮和歡欣。

駱駝王鼓掌道：「厲害厲害，兄弟果然有一手，教本人大開眼界。」

莊聞此時來了，問清楚是怎麼一回事後，對三人更具信心。又向三人道：「說服她了，三位可保留兵器，大王眞不應讓她跟來，婦人家懂甚麼？只會壞事，又要我們分神照顧。」

駱駝王笑道：「她不是懂武功嗎？有人還說她是且末首屈一指的女劍手。」

莊聞不屑的道：「不過在王堡裡跟這個那個的學人舞刀使劍，對上時誰敢不讓她，養成她關上門自以爲是天下無敵，又愛搶著來拿主意。眞想看她受挫後的嘴臉。」

三人同時想起小魔女。

莊聞向三人道：「看在我面上，不要怪她，她要發瘋，便任她發瘋。」

萬仞雨有感而發的道：「我們明白！」

駱駝王遠眺捷道的方向，和闐河水把他的目光帶往山勢開始起伏處，悠然道：「該起程了，今夜你們可在捷道口紮營，路上小心點。」

有「死亡之海」之稱的塔克拉瑪干大沙漠，東抵蒲昌海，西臨喀什綠洲，南接崑崙山北的于闐綠洲，北瀕塔里木河，面積超過四十萬平方里，周圍高山環繞，成一低下去的盆形低地，與外方隔絕。

幾個入口，全因河流沖奔而成，最著名的當然是和闐河注進沙漠的入口，水盛時沖奔千里，貫穿南北，形成綠色捷道。

秋冬之時，河水斷流，綠色捷道亦被風沙掩沒，只餘零星的小綠洲，且不住遷移變化，連僅有的生機，亦所餘無幾。

這個時候的塔克拉瑪干，像個熱烘烘的大燒窩，毒風熱沙，縱然走的是以前的捷道，一旦錯過水源，肯定沒命，確是步步驚心，寸寸艱難。

上無飛鳥，下無走獸，有的只是人駝的枯骨。

和闐河全長千里，橫過于闐綠洲，是該域第二大的河流，沖入大沙漠的一段，形成蜿蜒曲折、地勢複雜的沙質河谷和起伏不平的岸阜。

大隊晨早起程，到黃昏才抵達入口處，流水轉淺，到最後只見乾涸的河床，且於里許外淹沒在浩瀚的沙海之中。

他們於入沙海前最後一個胡楊林地紮營休息。

從他們的位置朝大沙海瞧去，隱見一座座聳然冒起的三角狀沙丘，比庫姆塔格的尖塔形沙丘高上一倍，歎爲觀止，也使人望之生畏。

三人挨樹坐著，遙觀前路。

萬仞雨道：「難怪他們須找人帶路，換過任何人，看著一望無際的毒沙，誰都要掉頭走。」

風過庭思索道：「既不是到龜茲去，又有王族的女人同行，運的又是石頭般重的東西，更擔心遇上沙漠外的風險。究竟是怎麼一回事？」

龍鷹道：「我嗅不到任何氣味，眞古怪！」

萬仞雨道：「只要不是二、三萬人的來攻打我們，還有甚麼是我們應付不了的？我不像你們般有好奇心，只希望快點走完這段沙漠路，鷹爺的鼻子又沒失靈，到龜茲後大家分道揚鑣，雙方都不管對方的事。」

風過庭向龍鷹道：「秘人有跟來嗎？」

龍鷹苦笑道：「我只懂求神拜佛希望駝兒不使性子，又在隊頭，很難察覺是否有人暗躡隊尾。」

萬仞雨道：「入口的寬度只七、八里，只要于闐兵守在高處，該沒有人可跟來。七天後，我們已不知到了沙漠哪裡去。」

風過庭低聲道：「鐵剛來哩！」

鐵剛是駱駝王的手下，負責騎駝拉那負載神秘物品的車子。

鐵剛態度友善，有氣沒處發洩的道：「那些且末人不知奉了甚麼鬼命令，人人守口如瓶，問十句答一句。頭子又不肯說清楚，只囑我一路小心，又說三位是可結交的朋友。」

三人一聽，始知連他亦不知道運的是甚麼東西。

鐵剛的吐蕃語暢通流利，比龍鷹說得更好。

風過庭笑道：「鐵剛兄的老闆告訴我們，目的地並非龜茲，究竟最後是到哪裡去呢？」

鐵剛想都不想的答道：「你們竟不曉得嗎？是到突騎施人的大牙去呵！」

三人同時動容，怎都未想過，神秘貨物會被送往碎葉城。

第十五章　死亡之海

次日起程前，彩虹又有餿主意，使人拿來一支大旗，硬要龍鷹拏著走在隊前，好讓後面的人看清楚。人人均曉得這個貴女想出來的，不切實際，但誰敢因此事反對她？

龍鷹逆來順受，舉著大旗走在前頭。起始的一段，還有少許河床鹽地可走，接著便是呑掉和闐河的滾滾黃沙，還被高大的沙丘擋路，通行困難，左彎右曲，即使以駱駝的長腿，也走得極爲吃力。塔克拉瑪干果然名不虛傳，連沙子也與別不同，比起上來，庫姆塔格的沙子，便堅實多了。

到太陽升上中天，熱氣騰升，周圍變得模模糊糊，活像進入個大火爐裡，其苦況更是難以形容。

龍鷹三人本立下「大志」，要以無上定力，鋼鐵般的意志，清心內守，克服沙漠的熱毒。可是當身歷其境，口乾舌燥，其渴難熬，苦況永無休止的延續時，亦不由英雄氣短。不過在隊前亦大有好處，至少不用冒著被駱駝踢起的滾滾沙塵前進。

熟悉的沙漠景觀，重現八方，火毒的太陽，在沒有一絲雲彩的高空，無情地直射下來，幸好亦沒有一絲風，雖被曬得頭昏腦脹，總好過風沙颳臉。

龍鷹早將大旗扔掉，當然沒有人注意到。要在這麼一個極目盡是沙窩沙丘、全無生氣的鬼域，找尋有水源的綠洲，近乎大海撈針，以龍鷹對魔種的信心，在如此惡劣的環境裡，也動搖起來。其他人更不用說。

在這漫無邊際的地域裡，他們最可怕的敵人是太陽和沙子。任你如何英雄了得，也要壯志殆盡，唯一的希望是趕快離開。

午後不久，忽然颳起風沙，算不上強勁，但已有得他們好受，沙粒滿天飛揚，圍著大隊飛快旋轉，無隙不覷的鑽進脖子，灌進喉嚨，堵著鼻孔，迷住眼睛，不但看不見太陽，還似被茫茫沙海掩沒。

幸而風沙速來速去，到「死亡之海」回復風平浪靜，眾人方曉得風沙來前的辛苦，是多麼難能可貴。

看著沙粒向下飄落，一層層地撒在沙漠上，頗有歷劫餘生的滋味，也心知肚明這只是沙海大爺牛刀小試之作，可怕百倍的大風沙仍在前路某處恭候他們的大駕。

大沙漠在此刻陷進永恆的沉默裡，可是它的威懾力，已令每一個闖入者，深深感受和體會著。

沒人有興趣說半句話，駱駝亦失去鳴叫的心情。在此看不到時間和空間的變化，也絕看不到任何生機，有的只是似乎永遠沒有盡頭的單調沙景，遠離人世，儘管其炎似火，但充滿心中的卻是陰森森的寒意。

本聲勢浩大壯觀，由二百三十頭駱駝和一百二十五個人組成的大隊，在浩瀚的沙海比照下，變得渺小不堪，只像緩緩蠕動的一條可憐小蟲。

黃昏時，他們選了在四座較堅實的大沙丘間結營。

繁忙、混亂、喧嚷的情況再次出現，卸貨立營，工作重複而令人煩厭，又是別無選擇，更曉得未來的日子，都要這麼幹。到太陽下山，氣溫直線下降，從熱至汗流浹背，到冷得穿多少厚衣也頂不住似的，那種感覺怎都沒法表達出來。

三人躲進他們的營帳去，吃攜來的乾糧，忽然行軍總管風漠將軍捧著個大西瓜鑽入帳內，笑道：「大家一起吃，是駱駝王送的，裝滿十二頭駱駝，夠我們吃三晚。」

三人忍不住歡呼怪叫。

風漠取出鋒利的匕首，分大西瓜爲四份，捧瓜大吃，只覺世間最美妙之物，莫過於此。

風漠向龍鷹道：「照你的估計，以我們這樣的速度，需走多久才可碰上第一個綠洲？」

龍鷹心忖只有老天爺曉得，但當然不能以老天爺作擋箭牌，扮出信心十足的模樣，道：「該是七、八天的事。」

風漠皺眉道：「竟需這麼久，清水的消耗量極大，我們須得到補充。」

萬仞雨訝道：「你們帶了這麼大量的清水，照看最少可供人畜用上十天半月，怎可能第一晚便告急？」

風漠狠噬一口西瓜，歎道：「彩虹夫人和她的兩個女侍衛今晚要沐浴，說受不了沙子，你們明白哩！」

三人同時失聲嚷道：「甚麼？」

風漠苦笑道：「女人！女人！她們根本不該來，但大王有命，誰敢說話？」

風過庭道：「她曉得我們扔了她的旗子嗎？」

風漠微一錯愕，終於記起，與三人眼神接觸，接著是滿帳哄笑。

龍鷹道：「我們曉得貴國今次不惜在不適當的時候，橫貫大沙海的送貨往北方，是個秘密任務。不過我們是闖南走北的人，如果能透露點會遇上的風險，心有預防，對大家是有利無害。」

風漠點頭道：「我今晚來找你們說話，正是莊聞大人的意思，如果他不是被彩虹強徵去說話，會親來見你們。」

又皺眉道：「有件事，我和莊聞大人都感到困惑。昨天狄端修兄到駝場買駱駝時，駱駝王仍不太信任你，故不住試探你的本領，反是莊聞大人因懂相人之術，認為你是可靠的人。可是今早出發前，駱駝王態度一改，多次提醒莊聞大人，今次任務的成敗，全繫於三位身上。莊聞大人仍不在意，以爲指的是你們穿行沙漠的本領，到剛才靜下心來，由於他熟悉駱駝王，知他不會輕易讚人，愈想愈覺其中微妙處。敢問三位，你們是否曾向駱駝王透露某些事，令他改變看法呢？」

三人心中一震，已知駱駝王猜到他們是誰。

於駱駝王來說，他們確是有跡可循。

首先，龍鷹曾到駱駝王的內城府第找崔老猴，接著崔老猴又在同一宅接收波斯美女，其後大破人口販子，更有人落網被押返中土去。只要駱駝王指使那曾見過龍鷹的把門者，隔遠瞥龍鷹一眼，龍鷹便無所遁形，所以駱駝王請他們照顧鐵剛的話，也理所當然的說出來。

龍鷹挨近點風漠，神氣的道：「因爲我們坦誠告訴駱駝王，有關我們過去的事蹟。」

風漠道：「願聞其詳。」

龍鷹興奮的道：「自我們十六歲武技大成，便出來闖蕩江湖。不！只我是十六歲，他們分別是十八和十七歲。嘿！我的老爹算厲害吧！」

風漠聽得眉頭大皺，但萬、風兩人更慘，忍笑不知忍得多麼辛苦。

龍鷹正容道：「我們甫出道便大破疏勒之北的一股馬賊，七七四十九個惡賊，給我們宰得一個不留，從此湮滅人間，所以風漠將軍可能從未聽過他們。他們便叫四十九盜。」

風漠茫然點頭，道：「我確沒有聽過。」

龍鷹傲然道：「大哥二十歲，在吐蕃人的高原與吐蕃名震一時的高手『高原霸王』寧寧勿當決戰，不到百招便以井……嘿！以寶刃割下他的臭頭。」

風漠道：「爲何會與他決戰？」

龍鷹乾笑道：「出來江湖行走，有時不用理由也可拚個生死，太多戰鬥了，理由早忘掉，不過那次好像是爲女人爭風吃醋。大哥！對嗎？」

萬仞雨知龍鷹捉弄自己，差點要捏死他。咕噥一聲，算是回應。

風過庭則苦忍著笑，更曉得忍不了多久。

龍鷹仍欲說下去，風漠已吃不消，截著道：「明白了！」

三人都拏眼瞪著他。

風漠半信半疑的打量龍鷹，一副姑且聽之的神色，道：「原來三位武功如此高強。現在我們最擔心的，是一股在孔雀河一帶活躍的強大馬賊，他們作案範圍之廣，在大沙海一帶，是沒有先例的。沒有人清楚他們有多少人，但最低估計亦有逾千之數。」

三人心忖，竟然眞的有有組織的馬賊。

風漠續道：「這批馬賊絕非烏合之眾，全是正式的戰士後人。當年薛延陀被滅，其中一個猛將帶著數百戰士殺出重圍，遁入山區，爲維持生計，四出搶掠，開始時搶牲口糧貨，跟著專搶年輕女子，愈搶愈凶。到今天已變得勢大難制，加上不住遷徙，這區域又連年戰亂，更難征剿他們。現在的頭領叫『賊王』邊遨，武功高強，對周圍沙漠平原瞭若指掌，來去如風。現時我們只希望走此捷道，可以避過他們。如正面硬撼，肯定不是他們對手。」

又苦笑道：「這條于闐捷道我來回過一次，都是在春夏之時，從沒想過會變成現今的樣子。」

萬仞雨道：「邊遨的據地在千里之外，你們又是秘密行事，運的更非尋常財貨，馬賊該絕不會冒險進入沙漠，因大沙海並不會優待他們。」

風漠憂心忡忡的道：「此事說來話長，總言之消息早洩露出去，回紇王便曾遣使來警告我們。請恕我不便解釋，可以告訴你們的，是起程前發生了一件不幸的事，我們最恐懼的情況，正在發生中。」

三人連忙追問。

風漠道：「事緣敝國無人曾於秋冬斷流之時，穿越于闐捷道，只好到于闐來尋訪這方面的人才。而唯一的人選是有『沙漠鼠』之稱的一個人，他眞正的名字怕沒人曉得，人人喚他作『沙漠鼠』。莊聞大人一看便知他是心術不正的人，亦提醒了駱駝王，有兩起被薛延陀馬賊在捷道洗劫一空的案件，都是由他領路，遂派人去抓他，豈知他已不知所終。」

龍鷹吁一口氣道：「原來將軍擔心的是馬賊，此事包在我們身上，包保殺他們一個片甲不留，順手爲世除害。」

風漠的憂色有增無減，道：「千萬勿要輕敵，邊遨精通兵法，又熟悉捷道的環境，不來則已，來則防無何防，擋無可擋。」

龍鷹道：「幸好風漠將軍信任我們，提出馬賊的事。賊王既是精通戰略兵法的人，會死得更快。哈！我已完全掌握了賊王的手段。」

萬仞雨和風過庭聽得摸不著頭腦，不過亦已慣了他對茫不可測的將來，料事如神的非凡本領。

風漠難以相信的道：「賊王會採取哪種手段呢？」

龍鷹扮熟稔狀，道：「將軍如此信任我們三兄弟，我們怎可沒回報？竅訣在『一頭一尾』四字眞言，包沒出錯，又以『一尾』的可能性最大。」

風漠滿頭霧水，忘掉了愈來愈冷的大漠寒夜，忘掉帳外呼呼颳過的長風，問道：「甚麼是一頭一尾？」

龍鷹道：「馬賊若要攻擊我們，一是從後追來，但入道已被于闐軍封鎖，若要從蒲昌海的方向來，怕未到一半已埋屍沙下。所以只有循北面入口進來攔截我們。賊王的最佳策略，是守著離出口最近的綠洲。他們是養精蓄銳，我們則勞師遠征。只要將我們擋在綠洲之外，不由得我們不投降獻寶，保證那時彩虹夫人也不反對。」

風漠色變，亦對龍鷹刮目相看，問道：「在這樣的情況下，他們是立於不敗之地，爲何你竟說邊遨會死得更快？」

萬仞雨和風過庭明白過來。前者精神大振道：「沙漠是絕地，綠洲也可以變成絕地，只要殺得馬賊倉皇急撤，來不及帶足夠糧水，等於將他們趕上絕路。」

風過庭乘機大笑幾聲，摩拳擦掌的道：「這場叫綠洲爭霸戰。」

風漠道：「可是敵人動輒在千人之上，我們如何擊敗他們？實力太懸殊了。」

龍鷹伸個懶腰，好整以暇道：「此事包在我們三兄弟身上，將軍只需結陣作我們的後盾，敵人會死得不明不白，因為他們面對的是做夢也未想過的沙漠戰術。哈！爽透了！」

萬仞雨道：「將軍回去好好睡一覺，明天的路途，絕不會比今天容易。」

太陽從「死亡之海」的右邊盡處顯露其真正沙漠之主的雄姿。勾勒出密麻麻佈滿八方的沙丘的輪廓，揮散著瑰麗動人的橘紅霞色，蜂窩狀的沙子閃閃生光，眩人眼目，難以直視。想起林壯提過的「沙盲」，更是怵目驚心。

花去半個時辰為駱駝裝上貨物，擾攘一番後，大隊踏上行程，比起仿如大海的沙漠，整隊駝隊只是隨波逐流的一葉輕舟。

艱苦的一天開始了。

龍鷹等三人的心情比昨天好得多，說到底，他們非是常人，又經過庫姆塔格的磨練，更逐漸習慣「死亡之海」，又知有惡貫滿盈的馬賊守候另一端，激起鬥志，忽然間，沙漠也變得沒那麼難捱。

對駕下的駱駝，他們亦產生更多的了解和感情。

牠們雖生性膽怯，也令牠們非常機警，憑著靈敏的嗅覺和聽覺，所過處若有食物，絕不會錯過，也使牠們成為沙漠裡，最懂趨吉避凶的生物，甚麼都可吃得津津有味。憑著高聳雙峰內儲存的養分，比任何生物更能抗飢禦渴。到晚上，又用巨軀圍成駝牆，爲主人抵擋寒冷和風沙。

由於他們與駱駝「不可告人的關係」，人和駝建立起連鐵剛這個超卓的馴駝手，仍沒法明白的感情。

接著的兩天，每一天都是昨天的重複，但平凡的一天，正正代表著幸運的另一日。

到第五天，可怕的事情來了。

正午過後，龍鷹第一個感到不妥當。

平時湛藍清澄的天空，轉爲昏黃污濁，炎陽亦一副有心無力的樣子，明明是白天，竟有昏夜的感覺，四周黃塵飄揚，卻又不覺得有風吹過。

寂靜的沙漠變得陰沉恐怖，似在預示某種不祥。

萬仞雨策駝來到龍鷹旁，道：「天氣是否有點反常呢？我的駝兒很不安。」

龍鷹先閉上眼睛，忽又猛睜，大嚷道：「停止前進！將駱駝安置跪坐成圈，築起駝牆，綁緊所有東西。」

大隊愕然止步。

人叫駝鳴，一陣混亂。

莊聞和風漠趕上來道：「發生甚麼事？」

龍鷹跳落鬆軟的沙地，腳往下陷，大喝道：「大沙暴即至，如不做預防，所有東西均會被吹走，駱駝走失，沒有人可以活著到下一個綠洲去。」

莊聞和風漠立即色變，趕回去以且末土語大聲喝令手下依龍鷹之言辦事。

性命攸關，人人拚命賣力，到結成圓駝陣，繫緊所有的東西，人人扯著駱駝伏地之際，龍鷹預言的大沙暴，終於來了。

第十六章　沙暴之威

旅隊依龍鷹吩咐，以駱駝圍成兩重的圓陣，將人和駝縛在一起，形成了一個整體。只要能縛著的，全綁個結實。剛辦妥時，仿如厲鬼尖嘯的可怕聲音，劃破了虛空，鑽進每個人的耳鼓，一時令人再聽不到其他聲音。

風沙出現了，將沙子直扯上高達數百丈的天空，像個以驚人高速轉動的大陀螺，從西掠至，看似緩慢，卻轉眼已由小變大，竟是沙漠裡最可怕的龍捲風。

風勢立時加劇，周圍數十里的沙子全被帶得狂飛亂舞，變為滾滾沙浪，嘶喊而來，更添龍捲風的威勢。這一刻還清楚可見龍捲風不住接近，下一刻沸騰的沙粒已遮天蔽日，沒法看清數尺外的任何東西。

駱駝全匍伏沙地上，人們則抓著任何能令他們留在地面上的東西，以抗拒近乎無從抗禦的可怕力量。

風勢愈來愈猛，短促強勁，力量不住增大，挾著沙粒沒頭沒腦的打來，將人駝全淹沒在沙的海洋裡。

本寧靜如死亡的沙海，成爲暴怒如狂的魔君，誓要摧毀踏進來的任何生物。

龍鷹是唯一仍能掌握龍捲風位置的人，龍捲風在離他們尚有三、四里時，其中心偏往北面去，若正面掠來，連他亦沒法猜估後果。

若他不是先一步察覺龍捲風的來臨，繼續前進，大有可能被龍捲風攔腰掠襲，在那樣的情況下，能活著絕對是奇蹟。

沙子從四面八方雨暴般打來，打在背上痛得要命。在這狂暴的世界裡，人畜都是那麼孤立無援，只能憑自己的力量奮鬥，多少人在身旁亦起不了作用。沒有人敢抬高少許，因爲一抬起身子，就會立即像稻草般被扯上半天。

眾人自覺地蜷曲起身體趴在地上，駱駝則把頭埋在胸口處，可是周圍的沙子迅速在身邊堆積起來，如此下去，如果龍捲風徘徊不去，沙子會將整個大隊活埋，可是卻沒有人有應付的辦法，只能聽天由命。

他們猶如盲人和聾子，唯一感覺來自滾滾風沙似永不休止、永不停歇的衝擊，再不清楚己身外發生的任何事，默默抵受著狂沙勁風的折磨，忍受「死亡之海」的咆哮厲嘯。

忽然風勢稍斂，暗鬆一口氣時，龍鷹運足魔勁狂喝道：「龍捲風又回來了。」

驀地狂風又作，比上一輪更狂暴，就在此時，女子尖叫響起，眾人均心叫不妙，卻是自身難保，更不知慘事發生的方向位置，沒人敢動半個指頭。

聲音從左後方傳入龍鷹的靈耳裡，只從聲音的變化，便曉得有人被扯上天空，他已無暇計較為何會發生這樣的事，更曉得稍有遲疑，女子將不知被捲往何處去，更曉得身旁萬仞雨和風過庭都正要冒險救人，忙鬆開抓著駝鞍的手，先各按兩人一下，阻止他們意欲採取的行動，晉入魔極至境，剎那間計算出龍捲風的位置和被其帶動的風沙，施展彈射，箭矢般射往尖叫處。

龍鷹破沙御風仰射，每一尺都要忍受風吹沙打的痛苦，更知救人機會一閃即逝，永遠不會回頭，故而今次彈射，是竭盡所能。

下一刻他已摟著個豐滿的女子胴體，從高達五丈的上方往下投去，縱然他將魔功運至極限，使出千斤墜的招數，又加上女子的重量，仍被狂暴的旋風帶得身不由己，掉往遠離駝陣的沙上。

沒有了駝牆的維護，唯一擁有的是狂飛亂舞的風沙，沙面平時已是鬆鬆軟軟的，每走一步，腳都往下陷，此時更變得像沙浪洶湧的沙洋，全無實質的感覺。

他已從氣息嗅到她是彩虹夫人，正陷於半昏迷狀態，只懂死命摟緊他，雖是抱個滿懷，他卻無心享受，將她壓在滾流的沙子裡，讓她的頭臉埋在他的胸頸處，四肢張開，自己則吸緊地面，與隨時會再扯上半天的可怕力量搏鬥。

幸好今次龍捲風來得速去得快。風逐漸平息了，大蓬大蓬的沙粒沉重的降下來，龍鷹摟著她從沙裡坐起來，頭上身上的沙塵像水流般傾瀉而下，兩人的下半身仍埋在沙子裡，險至極點。

四周仍是模模糊糊，沙屑漫空，龍鷹撥掉彩虹夫人附在眼瞼的沙粒，道：「沒事了！」

彩虹夫人驚魂未定的睜開眼睛，見到龍鷹的醜臉，一時間仍未弄清楚發生了甚麼事，定神想了想後，竟「嘩」的一聲哭起來，又伏入龍鷹懷裡去。

龍鷹知她受驚過度，探手撫慰的摩娑她黏滿塵屑的玉背，心忖她肯定要求洗個澡。此時大部分的沙粒已撒回地面，龍捲沙暴走得無影無蹤，縱目四顧，立即心中喚娘。

駝隊竟在大半里之外，四周佈滿各式物品，水壺、衣物、鞋子、帽子，半埋沙子裡，蔚爲奇觀。

龍鷹抱著彩虹夫人站起來，拍拍她臉蛋道：「回去吧！不要讓他們擔心。」

又湊到她耳邊道：「夫人的身體眞棒。」

今次是名副其實地人人落得個灰頭土臉，力盡筋疲，斷送了半天的行程，還要撿拾所有能找回來的東西。

毒熱的太陽若無其事的現身西邊空域，沙子一如往常般火燙燙，連慣常的微風亦消失掉，那種動靜的對比，使人心寒膽戰，不知在哪一刻，「死亡之海」會忽然變臉。

在這若如大烘爐沒有絲毫生機的死域，更難受的是汗珠再次從皮膚冒出時，衣內衣外全沾滿沙子，那是非凡人可以忍受的折磨，唯一能紓困的只有清水，連龍鷹也渴望可以痛痛快快的洗個冷水浴，但當然只能在腦袋內想像。

龍鷹領著彩虹夫人返駝隊時，喜出望外的莊聞、風漠等十多人直奔過來，由兩個服侍彩虹夫人的俏女兵迎接她，又向龍鷹投以感激的目光，反是彩虹夫人再沒看救命恩人半眼。

萬仞雨和風過庭兩人坐在個大箱子上，朝他揮手致意。整個隊伍裡，只他們兩人曉得龍鷹定能救得惡女回來，其他人則認爲只有神蹟出現，兩人方有生還的機會。

莊聞抓著他的手臂，感激的道：「幸好得你出手，救回彩虹，否則我不知如何向大王交代。」

另一邊的風漠以驚異的神色打量他，道：「狄大哥確是奇人異士，在那種風勢下仍可展開身法，在高空截著夫人，否則夫人就算沒被旋風分屍，也不知給颳往多遠之外去。」

龍鷹吐出一口和著沙子的涎沫，輕鬆的道：「小事一件，只是舉手之勞，幸好小弟自闖蕩沙漠至今，遇上過大大小小百多起的龍捲風，經驗豐富，曉得如何避重就輕，順風行事。」

莊聞猶有餘悸的道：「狄兄弟不愧沙漠能人，一看天色變化，便曉得龍捲風至，又懂得擺出雙重的圓駝陣，令我們得避大劫。」

龍鷹心道怎知它是他奶奶的龍捲風，只是憑直覺感到大禍臨頭，不由也對自己的靈應信心倍增，魔種在「死亡之海」裡仍未失效。

風漠不住點頭，同意莊聞的話，對於他這個冒充的沙漠能手，兩人已深信其沙漠本領而不疑。

到黃昏時分，眾人方豎起營帳，歇下來休息。寒風陣陣吹來，大部分人均躲進營帳去。

三人坐在營外，欣賞落日的美景。

萬仞雨歎道：「原來從沙子中拾東西比與人動手更辛苦，最勞累的是要從沙底把東西扯出來，手都給灼傷。」

龍鷹正在懷念橫越羌塘的「美好時光」，他寧願走十次羌塘，亦不願走一次塔克拉瑪干。」

風過庭苦笑道：「我們對沙漠的一貫看法是對的，就是生人勿近。唉！我的娘！」

龍鷹隨口問道：「還要走多久呢？」

萬仞雨和風過庭同時錯愕，接著指著他狂笑不休，不知笑得多麼辛苦。

龍鷹沒好氣道：「又沒有外人在，我這個沙漠嚮導當然可問任何問題。」

風過庭道：「塔克拉瑪干若有還可以辨認的地標，是橫亙於腹地的神山，全長百多里，東端直抵和闐河岸，也即是我們現在走的所謂捷道。見到神山，代表到了捷道的中間，那時往前或往後，都是一樣遠。」

萬仞雨歎道：「風沙這麼大，說不定連山都給掩蓋，只像幾座特大的沙丘。」

風過庭道：「這個你可以放心，據我問回來的情報，神山不論季節，永遠是那個奇形怪狀的模樣，宛如鎮守『死亡之海』腹地的神將天兵，從不怠忽職守。」

龍鷹興致盎然的道：「如何怪模怪樣？」

風過庭道：「神山的沙岩由於長期受到風沙剝蝕，形成一列列『佛龕』的樣子，該有點像我們在庫姆塔格被敵人圍攻的怪石陣，但規模則大上千百倍。」

鐵剛捧著個大西瓜來了，道：「這是最後一批西瓜，吃完便沒有了。今次我們損失慘重，糧貨被風吞掉大半，如果三天內到不了第一個綠洲，後果不堪設想。」

看著鐵剛切割大西瓜，滿鼻香甜濕潤之氣，是實實在在的久旱下遇上甘露。龍鷹心中一動，道：「鐵剛兄以前走過這條線嗎？」

鐵剛把西瓜分作四份，分給三人，點頭道：「走過三、四轉，只未在斷流的時節走過，這鬼地方是誰都不該來的。唉！」

三人曉得他在擔心沒法回去見新婚妻子，但卻沒有可安慰他的話。

龍鷹被他激發起同情心，閉上眼睛，首次認真地發揮靈應，找尋廣闊死域內或可能存在於附近的某點微僅可察的生機。

重複單調的景象，造成了對他精神沉重的壓力，除非水源出現近處，被他的靈鼻感覺到空氣裡的濕潤，否則他自問沒有偵測遠方綠洲的能力。可是際此面對生和死的一刻，全隊人的安全繫於他身上，令他不得不振作起來，發揮魔種的潛力。

在虎跳峽，他要征服的是巨岩湍流。在羌塘，他要克服的是變幻莫測的天氣。但在塔克拉瑪干，你卻連對手是甚麼也弄不清楚，有的只是永恆的死寂和突如其來的狂暴。

腳步踏在沙子的「哧哧」聲，自遠而近。

就在此刻，仿如在絕對漆黑裡，龍鷹看見了微弱的火光，捕捉到東北方的一點生機，同時曉得自己這不稱職的嚮導，偏離了捷道近三十里遠。

龍鷹暗抹一把冷汗，睜開眼睛。

風漠憂心忡忡的來到四人旁坐下，道：「有二十多人病倒了，很頭痛。」

風、萬兩人目光投往龍鷹。

風漠訝道：「狄大哥懂治病嗎？」

萬仞雨代他答道：「我這個小弟，周身奇技，最拿手是治寒熱之症。」

風過庭加鹽添醋的道：「沙漠有種叫『正午幽靈』的奇難雜症，沒多少人懂治療，我們的小弟是其中之一。」

鐵剛訝道：「隨行的大夫，不是且末有名的大夫嗎？」

風漠苦笑道：「第一個病倒的正是他，到現在仍爬不起來，抬高他少許便嘔吐大作。」

轉向龍鷹充滿企盼的道：「狄大哥眞懂治沙漠的怪疾？」

龍鷹本想挺起胸膛，卻沒法挺得起來，因氣虛膽怯。忽又靈機一觸，道：「有沒有針灸一類的東西？」

風漠爽脆答道：「當然有哩！」

此時伺候彩虹夫人的其中一個俏女兵，婀娜而至，說彩虹夫人有請龍鷹。

萬、風兩人心忖難道這小子又走桃花運，同時嗅到俏女兵浴後的香氣，這才眞的令他們羨慕。

龍鷹起立道：「將軍預備針灸，見過夫人後，小弟立即動手醫人。哈！我差點忘了，除了大漠三英之一的外號，還有人喚小弟作醜神醫。」

萬、風兩人差點噴出乾糧。

彩虹特大的方帳，設於營地中央。

俏女兵一直沒有說話，直至營帳在前，方低聲向龍鷹道：「我和另一姊妹非常感激先生，若夫人有甚麼閃失，我們休想活命。」

龍鷹道：「該如何稱呼姐姐？」

俏女兵粉臉微紅，輕輕道：「我叫玉雯，另一個姊妹是玉芷，是夫人的貼身婢女，也隨她一起習武。夫人便是過於自恃，風勢稍歇時起身觀風，又不理會先生的警告，豈知大風回來得這麼快，我們想抓著她，但辦不到。」

龍鷹止步道：「玉雯很漂亮呵！」

玉雯現出歡喜的神色，白他一眼，神態可人，盡顯西塞女子開放熱情的作風，最使龍鷹感到刺激的，是自己現在的尊容，仍似可打動她的芳心。

此時離帳只有十多二十步，在沙漠的寒風裡，星夜的覆蓋下，大家又只是剛開始認識對方，卻涉及男女間的微妙處，感覺分外迷人，尤其是經歷了多天單調的旅程。

龍鷹心忖女人的威力眞厲害，不論時地，即使可怕如「死亡之海」，也可被她們轉化爲生機盎然的世界。

玉雯道：「先生才是我們女兒家夢寐以求的郎君，高大軒昂又有本領。」

龍鷹訝道：「玉雯不覺得我長得很醜嗎？」

玉雯羞答答的道：「才不醜哩！快進去，夫人很易發脾氣的。」

龍鷹正要舉步，玉雯扯著他衣服，低聲道：「玉芷也很喜歡先生。」

龍鷹聽得心花怒放，伸手捏她臉蛋，這才入帳去了。

對玉雯和玉芷這對俏女兵，他是明白的。她們的幸福已與彩虹掛了鉤，如彩虹有甚麼三長兩短，罪責會降臨她們身上，必被處死無疑。甚至莊聞和風漠亦輕則掉官，重則受刑。

幕門掀起，現出另一俏女兵的如花容顏，由於曉得她明言喜歡自己，看她那雙美麗的大眼睛時，特別有感覺。

當然也曉得和她們是止於調笑，不可能有任何進一步發展，她們是身不由己。

彩虹夫人穿著且末族色彩鮮豔的民族服，洗刷得豐滿的胴體和秀髮不留一粒沙子，乾乾淨淨，香噴噴的，與帳外任何一人都成強烈對比。

不過她卻是面無表情，且帶著故意裝出來的冷漠，似乎龍鷹從未救過她，肉體從未曾親密接觸過。

龍鷹在她指示下坐在離她五尺許的牛皮上，兩女跪坐兩旁。

龍鷹尚未有機會說話，彩虹夫人冷冷道：「早前發生的情況，你必須守口如瓶，明白嗎？」

龍鷹一點沒有怪她。彩虹夫人一向自覺高人一等，竟被一個受她鄙視、低三下四的男人，佔足便宜大揩油水，又倒在看不起的人懷裡失聲痛哭，事後回想，確是難以接受。

龍鷹微笑道：「夫人放心，我被沙子打得頭昏腦脹，根本記不起曾發生過甚麼事。」

彩虹微一錯愕，欲言又止，最後道：「賜金五兩。」

玉芷向他遞上小袋子。

龍鷹欣然領賞，出帳重過神醫生涯。

第十七章　沙中淨土

龍鷹施展神醫手段，大顯功架，病倒的二十多人，無不大有起色，其中七、八人霍然而癒。這些人主要是因不服沙漠的水土，加上受不了上丘下丘，駝峰上的顛簸，積勞成病。而事實上人人受盡折磨，吃盡「死亡之海」的苦頭，只看誰捱得久一點，現在醜神醫有風過庭和萬仞雨兩大助手，於他施針後順手打通病者經脈血氣，自是更爲收效。

莊聞、風漠和一眾且末兵員，對三人已是奉若神明，心知肚明若沒有三人領路，大有可能全隊已埋身沙粒底下。深深體會到塔克拉瑪干「進來後出不去」的含意。

完成醫者救人的大任後，龍鷹三人與莊聞、風漠和幾個兵頭到一旁商議。

龍鷹提議道：「我已感應到綠洲所在處，只是一天的路程，如能提速，半天可達。」

莊聞憑著過去十天許的經驗，聞之又喜又憂心的道：「沙漠地勢不住變化，遇上大沙丘，想跑快點也不成，更怕中了太陽的熱毒，會有更多人病倒，欲速不達。」

風漠終聽到「綠洲」兩字，精神大振，道：「若可在明天黃昏前抵達綠洲，我們便有救了。現在最缺乏的是清水，怕捱不到半天的行程。唉！明知缺水，彩虹仍要……唉！」

萬仞雨道：「你們不敢勸她，由我們三兄弟和她說。」

莊聞心情大佳，道：「到綠洲才由狄兄弟和她說吧！她雖仍是那副樣子，但我看她心中是感激的。」

龍鷹道：「我有個提議，就是在天亮前兩個時辰起程，冒寒怎也好過冒熱。」

風漠嚇了一跳，道：「黑漆漆裡如何看得清楚前路？如越丘時誤踏鬆軟的沙子，留不住腳，會直掉到丘坡下，被沙活埋。」

龍鷹擺出熟悉駝性的姿態，道：「放心好了！經過多天來的緊密配合，一眾駱駝大哥已習慣了一頭跟著一頭，絕不會走錯路。我們三兄弟，由我領路，另兩人分押中間和隊尾。我更高舉火把，讓人人看見。唔！這個火把要有兩丈高，便可作指路明燈。」

風過庭道：「大家以毛氈緊裹身體，還可在駝背上繼續睡覺，讓駱駝自己走路。」

莊聞半信半疑的道：「行得通嗎？」

龍鷹拍胸保證道：「我們正是以晝伏夜行的方式，征服了庫姆塔格，駝兒在沙漠比馬兒有本領，更難不倒牠們，說不定明天正午前，我們已可在綠洲的湖泊裡，享受到彩虹沙漠出浴的樂趣。」

莊聞等終於同意，大家立即四散回帳，爭取休息的時間。

豈知睡不夠個半時辰，便給三人喚醒，個個睡眼惺忪的爬出帳來，驅趕駱駝集合成隊，裝上鞍架貨物。

彩虹夫人無端端給弄醒，不理莊聞的勸阻，氣沖沖的到隊頭尋龍鷹的晦氣，莊聞、玉雯和玉芷，追在她背後，怕她弄出事來。

她直抵龍鷹身前，人人以爲她大興問罪之師時，竟出奇地沒有大發脾氣，口出惡言，只是冷冷道：「你知現在是甚麼時候嗎？沒有足夠的休息，大部分人會累倒。欲速不達，你明白嗎？」

剛好駝兒探頭下來和他親熱，龍鷹摟著駝頭，愛憐地撫摸修長的駝頸，駝兒極爲受用，不住發出輕輕的嘶鳴，人駝融洽至令人難以相信。

龍鷹的人臉和駝臉，同時轉過來瞧她。龍鷹的雙目在暗弱的燈火映照裡，閃動著魔異般的芒光，熠熠生輝，登時令彩虹和莊聞等人忘掉了他的醜臉，生出奇異的感覺。

龍鷹好整以暇的道：「我們三兄弟剛才沒睡過覺，趕製三支高兩丈的火把，又研究以火把作簡單傳訊的手法，務求不會出岔子。」

彩虹夫人的目光不由落到他插在前方丈許處，高兩丈尚未點燃的火炬，如加上駱駝的高度，在近四丈的高空燃燒，確可成爲黑夜裡的明燈。彩虹夫人一時說不出下一句話來。

龍鷹續道：「不瞞夫人，黑夜和白晝對我來說沒有丁點兒的分別，我精確的計算過時間，只要依我的駝速，明天太陽出來時，夫人會看到令你驚喜的景象，便當是本人送夫人一份只有在沙漠才變得那末珍貴的禮物。」

不獨是「首當其衝」的彩虹，在旁聽著的莊聞和玉雯、玉芷兩個俏女郎，亦聽得發怔。龍鷹隨口說出來的這番話，不論遣詞用字，字裡行間不經意流露出來的強大信心，均與平時的他大有分別，像變成了另一個人。不知龍鷹因面對「死亡之海」嚴厲的考驗，處於魔極的狀態下，自然而然顯露出中土邪帝的本色氣魄，不戰而懾人。

又露出雪白的牙齒，道：「夫人和兩位姐姐跟在本人身後好嗎？讓我做夫人的親兵。」

彩虹軟化下來，點頭答應。

龍鷹大喝道：「兄弟們！起程的時間到了。」他的聲音從隊頭傳至幾看不到的隊尾，迴蕩夜空。

眾人轟然答應，連駱駝們也以鳴叫回應。人人曉得綠洲在望，士氣情緒攀上前所未有的高峰。

連萬仞雨和風過庭，也沒想過龍鷹的所謂趕路，會是這麼趕。他便像騎的不是駱駝而是雪兒，展開黑夜飛馳的本領，高舉火把，不住朝沙漠挺進，過丘下丘，左彎右折。而眾駝一如所料般，一頭跟著一頭，且愈奔愈興奮，愈跑愈快。

沒有了炎陽的燒烤，人也精神起來。

龍鷹並非隨意使整隊人隨他急進冒險，而是記起在庫姆塔格，敵人正是以這種速度方式，日夜不停的追趕他，差點累死愛馬雪兒。這該是秘人催駝的奇技，他只是從秘人處偷師，曉得駱駝有此本領。

開始時人人動魄驚心，不過半個時辰後，仍沒出岔子，便習慣了，還感到以此速度，確可在兩、三個時辰內，走畢過往整個白晝五個時辰的路途。

天亮前，駝蹄踏的再不是鬆軟的沙子，而是較緊實的礫石地。在過往每一天都是昨天的重複的日子裡，如此變化，本身已足令人欣喜如狂。

兩邊忽然高起來，像走進山坡間的低地，雖仍看不清楚，但已知正走在乾涸了的河床上，首次曉得沒有偏離捷道，誤入歧途。那種喜悅和安心，是沒法形容的。

到天色微亮，龍鷹拋掉火把，放慢駝速，領著彩虹夫人三女首先離開河床，奔上岸旁一處賁起的土坡上。

三女同時「呵」的一聲驚呼，不能相信地看著眼前美景。

凹凸不平，岩石裸露，鹽漬密佈的河床，向前延展十多丈，開始見到零星從灰黑的泥土長出來的蘆葦，然後愈變茂密，胡楊、紅柳、不知名的針刺植物夾雜其中，又往兩岸發展，再往前百多丈，水光閃閃，斷去的河水從地底冒出來，繼續未完成的旅程，朝前蜿蜒而去，淌流灌往里許外的綠洲，那處樹木成蔭，青草萋萋，在眼前如巨鳥展翅，左右擴展各三、四里，前方則似延至地平盡頭。

只要想想眼前流動的河水，來自千里之外崑崙山的冰川，便使人生出與大地血肉相連的感覺。

這是居於神都內的人，永遠感覺不到的。

其他人策駝來到他們後方，自然而然往兩邊散開，爭睹令人目眩神迷，激動不已的沙漠淨土。

沒有人吭一聲，怕騷擾綠洲神聖的平靜。

天地被一層奇妙的光環籠罩，天藍地綠，融洽和諧。

龍鷹待人和駝齊集後，以學回來的且末話大叫一聲：「上！」領先奔出。

由上至下，人人變成了頑皮愛鬧的兒童，抱著赤子之心，朝綠洲仿如母親的懷抱投過去。

那種暢快酣美的感覺，遠超出任何言詞的描述能力。

這明顯是尚未屈服在沙漠淫威下，從春夏保留至今天的河段，抵綠洲後，河水除主流外，還分岔為溪道，往兩邊擴展，形成綠洲大大小小十多個湖泊，主流向北再流淌二十多里，化為徑長半里的大湖，才消失在綠洲邊緣，此外又是一個接一個高聳的新月形沙丘，沙浪起伏無限。

龍鷹、萬仞雨和風過庭首先抵達這個大湖，湖畔被數畝胡楊、耐旱奇樹、多種不知名的沙生野草環繞，認得出來的是碧綠油嫩的香蒲草。胡楊樹高達三丈，完全隔絕了沙漠的熱浪和風沙。

綠湖棲息著野兔、鳥兒、野鴨、蜥蜴各類野生動物，為這荒蕪的地域添上蓬勃的生機。若閉著眼直走到這裡才再睜開，肯定不相信這是「死亡之海」內的美景。

這段和闐河道的水深及腰，卻頗為湍急，河床是一片片的沙質地，踏下去會腳陷其中，拔出來並不容易。

三人就那麼脫掉衣服，投進湖水裡，遠處傳來呼喊歡叫的聲音，不用看也知人人投進大小湖水裡，忘情地享受沙漠裡的奇蹟，沒有東西比清澄的水令人更興奮，陽光也頓然變得友善可親。

三人只穿短犢鼻褌，泡在湖邊的水裡，洗滌衣衫。龍鷹見最接近的且末人亦在數里之外，早脫掉面具，享受眞臉和冰寒湖水直接接觸的無上滋味。

龍鷹若無其事的道：「萬俟姬純後腳走，我們便前腳到。」

萬、風兩人像聽不到他的話般，繼續洗刷衣物。他們的三頭駱駝，被卸下鞍架貨物，在不遠處喝掉大量湖水後，開始對湖畔豐美的水草展開掃蕩。

龍鷹將扭乾了的外袍隨手一拋，準確無誤地掛在一株大樹的橫幹處，往後仰身，在水裡載浮載沉，續道：「我嗅到她熟悉的氣味，她是故意留下氣味，讓我曉得逃不過她能馭龍的纖手。哈！又辣又漂亮的娘兒。」

萬仞雨從水裡拔身而起，坐到一塊岩石去，雙腳仍浸泡在湖水裡，現出陽光般的笑容，從容道：「她憑甚麼敢來惹我們呢？」

風過庭從湖心泅泳回來，道：「這妮子絕不可小覷，我們三個腦袋加起來，可能及不上她隨意想出來的東西。如非她不能知己知彼，不明白龍鷹是怎樣的異物，我們恐怕早已歸天。」

萬仞雨狠狠道：「這傢伙根本不算是人，怎可能嗅到她的氣味？還認得是她的氣味？她絕不會是孤身一人，因爲是來開戰而非陪睡覺，那你有嗅到其他人的氣味嗎？」

風過庭沉吟道：「她在試探龍鷹。」

萬仞雨道：「對！給公子提醒，我明白了。正因她仍摸不清楚龍鷹的能耐，故特別留下氣味，如果我們立即變得如臨大敵的樣子，她便知龍鷹的鼻子，不會比她的差。哈！好計！」

風過庭向正輕鬆寫意、半浮水面的龍鷹道：「我從不會羨慕別人，你是唯一的例外。」

龍鷹仰望沒有半朵雲的天空，大訝道：「風公子本身已是人中之龍，小弟有何値得你羨慕之處？女人確似比你多一點，卻無關幸運或手段，只因公子曾經滄海難爲水，別有懷抱。」

萬仞雨責道：「還要提這方面的事。」

龍鷹道：「這叫有福同當，至少可爲他分擔些許。」

風過庭道：「有些事，發生了便永遠沒法挽回。」

萬仞雨分他神道：「我也想知公子羨慕這傢伙甚麼。我倒非常滿足現在的自己。」

龍鷹浮往岸邊，站直身體。

風過庭道：「我們的世界是怎麼來的呢？」

兩人聽得摸不著頭腦。

萬仞雨沉吟片刻，點頭道：「確有其玄機妙意。我們從娘胎鑽出來後，便置身塵世之間，逐漸長大，心境隨識見不住變化，到最後形成習慣和牢不可破的諸般信念，境由心生。所以沒有一個人的世界，是完全相同的。我曉得公子羨慕這小子甚麼了，只是氣味的世界，我們和這小子已有差別。」

龍鷹攤手道：「對此我是無話可說。」

風過庭神馳意飛的道：「人有六識，就是『色、聲、香、味、觸、法』，以心為主，透過眼耳鼻舌身意，去感受外在的世界。以他的好色為例，肯定他在與美女廝混時，感覺比我們更強烈，更投入。這只是略舉一例，其他可以想見。」

龍鷹抓頭道：「我倒沒想得這麼深入，說得好，色聲香味觸，五個字道盡了雲雨之歡。」

萬仞雨歎道：「不見不見還須見，我們想盡法寶躲避秘人，忽然間過往所有努力，被可怕的美人兒留下的一絲香氣，破壞無遺。哈！確是香豔的警告。」

風過庭道：「秘人的目標像法明，只釘著龍鷹，如果有我和萬爺助拳，萬俟姬純只好掉頭回于闐去。」

萬仞雨皺眉道：「萬俟姬純憑甚麼可令鷹爺犯險，踏進他們精心佈置的陷阱？誰都知道，沒有人可攔得住一意遁逃的龍鷹。」

龍鷹道：「別人我不敢肯定。這駝蹄子肯定有方法辦到。而只有讓我憑一人之力，令他們知難而退，我們和秘人始有希望和氣收場。沙漠是他們的強項，環境戰術亦是我的強項，強遇強，當是好戲連場，你們等著瞧吧！」

萬仞雨道：「據你所言，只是那漂亮的妮子，已與你有一較高低的本領，何況還有過百個武功高強的秘人，對他們的沙漠戰術，你更是一無所知。」

風過庭笑道：「你少為我們鷹爺擔心，正如我剛說過的，真正無知的是秘人。現在我們裝作沒嗅過美人兒的體香，先還她一招。」

龍鷹又游開去，大笑道：「原來沙漠可以變得這麼好玩的，從未想過水可以是如此令人心醉。」

「咚」的一聲，他已深潛湖水裡去。

足音從遠處傳來。

風過庭大力拍打湖水。

龍鷹潛回來，在岸旁冒起，取得擱在石上的醜面，不情願地戴上。

玉芷容光煥發的來至湖邊，一點不害羞掃視三人近乎裸露的男性雄軀，嬌聲道：「夫人請三位伴她吃午膳。噢！原來最大最漂亮的湖在這裡，早知叫玉雯也一起來哩！」

風過庭乃風流人物，笑道：「玉芷姑娘要來個美人湖浴嗎？我們可以閉上眼睛。」

玉芷叉著小蠻腰道：「人家根本不怕你們看，我們且末人向有在河裡沐浴的習慣，任經過的路人看個夠，但走過後卻不可以回頭看。唉！快穿衣服，遲了夫人會罵我的。」

她的話令他們感受到異國的情調風氣，三人笑著離開美麗的湖，穿上衣服，喚駝兒隨他們一起離開。

第十八章　神山綠洲

在綠洲享受了畢生難忘的三天後，大隊繼續行程，只要想想所有可盛水的器皿，都注滿甜美的清水，感覺已是煥然一新，加上沿途不時見到零星的沙生針類植物，又或河床的遺痕，心情大是不同，落實安心多了。

駝兒們則在體內儲足糧水，走起來精神抖擻，如飛似躍，表現牠們獨有的沙上舞步。目的地是橫亙於「死亡之海」腹地，東西綿延一百五十里的神山。

據曾來回捷道多次的鐵剛所言，龍鷹等早有耳聞、互相輝映的紅白兩山，正是神山東端伸出來的兩個山嘴，直抵和闐河西岸，而此截河段不管冬夏，永遠有水淌流，蜿蜒二十多里，形成了最大的綠洲，是旅人救命之所。

由於神山綠洲位處捷道中段，緊扼捷道，更是自漢代以來兵家必爭之地，唐太宗為保安西諸府，曾在此建設堅固的戍堡和烽燧臺，但被吐蕃人逼離安西後，此戍堡曾被吐蕃人佔領，到吐蕃人撤退後，戍堡已被廢棄。

龍鷹等學乖了，不再只憑帽子擋遮炎陽，而是學且末人般以棉布包紮頭臉，只露出一雙眼睛。至此方明白波斯女郎，因何把全身緊裹在白布裡，那是在火熱如蒸爐的沙漠裡，生存的必需手段。

他們晝行晚伏的走了兩天後，植物愈趨稀少，代之的是鏈狀往四面八方伸延，沙丘層疊起伏的地勢。黃澄澄、起起伏伏、高達四、五十丈的沙山，如凝固了的金浪，在灼白的陽光下閃閃生輝，眩人眼目。其中最醒目的是尖塔狀的沙山，聳峙在無數新月形沙丘之上，比其他沙山高起一倍有餘，在日出日沒，太陽斜照的時刻，背陽的一面投下陰影，不但強調了沙山的立體感，變得棱角分明，沙山的明明暗暗，更構成大地的圖案，令人驚歎大自然之手的奇妙。

不過對旅者而言，卻是非常艱苦的旅程，小心翼翼的登山下坡，全賴龍鷹三人的敏銳，選擇得相對較緊實的沙層，步步為營的朝前走。

儘管如此，仍發生幾起人駝墜坡事件，那並非滾下沙坡般簡單，而是深陷沙子裡。當這樣的情況出現時，必須立即搶救，人還容易救出來，要把又大又重的駱駝從沙裡起出來，卻是需用盡法寶的大工程，且不死也要受傷。進入這可怕的區域後，一天內已有三頭可憐的駝兒因而死亡。

眾人本是輕鬆的心情，轉為沉重，想快點離開這個美麗的死亡陷阱，偏因山勢險阻難行而無法辦到。

在沙谷沙溝間結營休息一晚。當紅日透過沙霧，在東邊沙丘起伏連綿的地平徐徐上升，他們又向茫茫沙海進發。午後不久，危險來了，遠方出現了三股龍捲風，捲起直指天空的沙柱，白天被灰黑色的風沙替代，沙煙騰沖，前方一片迷茫，迅速波及他們結陣禦風的沙谷內。比之上次突如其來、滾滾而至的龍捲沙暴，他們今次是有備而戰，但卻更為緊張，只要想想億萬石的沙粒被龍捲風帶得蓋天壓下來，彈指光景可將大隊人畜一次加以埋葬，便知情勢有多危急，即使以龍鷹三人之能，亦難倖免。

唯一可以做的，是閉上眼睛求老天爺格外開恩，交錯而至的龍捲風繞道放過他們。

天昏地暗下，人人失去時間的觀念，因為一刻的時間，已像經年累月的漫長。

龍捲風可怕的尖嘯聲逐漸遠去後，漫空沙塵似雪絮的緩緩飄降，沸騰的沙濤平息下來，天地一片混沌。

他們收拾心情，心底抹汗的上路。到達第一個坡頂時，登時看呆了眼，里許內仍是先前的模樣，在此之外竟是平展的沙丘，龍捲風竟夷平了以千萬計的沙丘，變成魚鱗狀的沙面，令人完全沒法相信眼睛。

是夜他們在離遇上龍捲風二十里外結營度夜，這晚天氣特別寒冷，三人躲在帳內吃乾糧，還有一尾從綠洲打來的魚。

風過庭道：「秘人如果當時在附近，說不定給龍捲風扯往數百里外，我們便可消災解難，不用日夜提防。」

萬仞雨頹然道：「只能在心裡提防，難道可在帳外放哨嗎？最怕他們殺害無辜的且末人。」

龍鷹道：「放心好了，萬俟姬純絕不是濫殺無辜的人，記得嗎？初次見她，她對我們生出憐才之意，一副不忍對我們下殺手的樣子。這樣的人，會隨便傷人嗎？更何況小弟曾吻過她的香唇。」

兩人失聲道：「甚麼？」

他們雖聽過萬俟姬純私下來見他的事，卻不知他們有過如吻嘴般的親密行爲。

龍鷹解釋清楚後，笑道：「我和你們的分別，就是不錯過任何調戲美女的機會，哪管是在皇宮禁苑，又或敵我相對的情況。可以佔便宜便儘量佔便宜，因而在風流陣仗上，戰績彪炳。哈哈！」

風過庭向一臉不以爲然的萬仞雨笑道：「這小子不無一點道理，嘗試才有機會，論豔福，我雖自命風流，但總覺差他一截。」

萬仞雨道：「逢場作戲我也會偶一爲之，但要看對方是否良家婦女，做男人必須負責任，有始有終。」

龍鷹道：「這個當然，不過像萬俟姬純般出色的美人兒，你想娶她也不成。今晚好好睡覺，再不用擔心她和秘族戰士。」

萬仞雨道：「既然如此，爲何她仍要鍥而不捨，難道千方百計的趕上我們，只爲再給你討她便宜？」

風過庭點頭同意。

龍鷹道：「我親她小嘴時，早覺她對我沒有敵意。但現在仍似不遺餘力追殺我的樣子，是要向突厥人交代。」

風過庭沉吟道：「你的直覺該錯不到哪裡去。但依我看，她不單要向默啜交代，還要向族長交代。只要眞的盡過力，便沒人可拿她作文章。在這樣的情況下，她的行動是只針對你而發，不會殃及且末人。」

龍鷹道：「說得好！我和她只是打情罵俏，你們須抱著看好戲的心情，瞧老子如何收得她帖帖服服。哈！眞爽！」

兩人知他的手段，閒聊兩句後，將毛氈連頭蓋著，進入夢鄉。

漆黑的帳內，龍鷹閉上眼睛，思潮起伏。萬俟姬純在綠洲故意留下氣味，是善意的提醒？還是惡意的試探？

帳外寒風呼嘯。

他剛才說得輕鬆，但心想的卻是完全另一回事，體會過沙漠的無情和嚴苛，他開始明白秘人，在如此惡劣環境生存的民族，只會遵守大自然汰弱留強的無情本質。縱然秘女萬俟姬純對他有三分情意，一旦將殺他的行動付諸實行，是絕不會手下留情。對秘人來說，動感情是一種軟弱的表現。

他曾和化身爲採花盜的秘人交手，贏得非常辛苦，若隨萬俟姬純來的有這麼百多個身手接近採花盜的秘人，加上萬仞雨和風過庭，他們仍難討好。何況他們對秘人的沙漠戰術，一無所知。

外面的風嘯更烈，營帳晃晃欲起，寒風從隙縫處滲進來，毛氈似失去保暖的效用，變成薄紙般。

龍鷹不由想到，真正主宰大漠的，既不是炎陽也不是沙子，而是風。風決定了沙漠整體的地貌，令沙子不住變化流動，又以沙暴、龍捲風的方式肆虐。不同的風向，不同的風力作用，決定了每座沙丘的形態和沙子的波紋，鬼斧神工。

想到這裡，心中一動，已曉得萬俟姬純會在何處、何時、以哪種戰術對付他，且不虞他能逃出她的纖纖玉手。

神山，沙漠腹地的正中處。

那是上天無路，入地無門，看似生機最盛，卻是沙漠核心的絕地，往哪邊逃都是恐怖的沙海。

龍鷹謹守道心，與帳外的寒風密切契合，只有徹底掌握大漠的主宰，方有可能於敗中求勝，令秘人接受萬俟京對他「沒有人可擊敗」的評析。

萬俟京會否是正窺伺一旁的其中一個秘人呢？

天明繼續行程。

抵達一座丘坡高處時，龍鷹哈哈笑道：「小弟感應到神山河段的綠洲哩！」

跟在後方的風過庭大喜道：「是不是嗅到水氣？」

龍鷹搖頭道：「綠洲仍在我的感應之外。」

萬仞雨策駝跟著風過庭，聞言大訝道：「那你又憑何知道綠洲在前方？」

龍鷹迎著晨風深吸一口氣，迷醉的道：「憑的是風向的變幻，你們沒感到風的來勢與前有異嗎？」

風、萬兩人終是頂尖兒的高手，給他提醒，果然察覺到風比前短促而疾勁，遠近不時有一蓬蓬的沙塵被帶得離開沙丘，撒的卻是不同的方向。有時一道長風從西北吹來，瞬又變爲由另一方向颳至。

現在時候尚早，若太陽移往中天，會變得沒有半點風。

風過庭訝道：「爲何會這樣子呢？」

龍鷹道：「因爲我們正不住接近神山，它近二百里的橫亙在大沙海的腹地，等於一道分界線，加上因風化侵蝕，變成一座座既獨立又連接的奇山異嶺，縱橫割裂，而大沙海一貫的東北和西北向風，經過神山，受地勢影響，會形成多角度的折射，形成複雜混亂的地形風，正是現在吹得我眼都睜不開來的風。」

風過庭向後面的萬仞雨笑道：「我首次感到我們的鷹爺，是眞的曾在大漠混了十多年的嚮導。哈！」

萬仞雨啞然失笑，歎息道：「沙漠三英，虧這小子可隨口說出來。」

知道目標在望，三人輕鬆起來，談談笑笑，「死亡之海」也不再那般可怕。

從風勢感測到神山後，仍要走上五天，方抵達神山綠洲。

當神山出現前方，入目壯麗懾人的景象，令領先的龍鷹三人，看得目定口呆，爲大自然鬼斧神工的妙手驚歎。

最引人注意的是東端的紅、白山嘴，巍然聳立在寬廣的和闐河西岸。美麗的綠洲如影隨形，永遠伴在神山旁。「死亡之海」的所有秀色美景，盡匯於此。

古戍堡築在紅山頭上，如若整個地域的守護神，任由風吹沙打，仍沒有倒下來。

神山從西面的地平混亂裡見規律的連接而至，斷斷續續的，最高處直插藍空，像一座座有「血脈」關係的巨島，飄浮在沙海金濤之上，同時亦飽歷大漠的滄桑。

眼所見最雄偉的一座山，頂部是灰白色，刃狀的山脊呈鋸齒狀，頂以下是棕色夾泥岩的形態，三人敢說從未見過這麼樣的怪山。

這座離他們十多里的山，已是較能保持山狀了，在以萬年計的侵蝕剝落下，山形千奇百怪，有的似城似塔，層疊翹起，又像各種奇形巨獸，千百形狀，難以盡述。總言之，大自然的天工妙手，在這裡發揮得淋漓盡致，令人歎爲觀止，目不暇給。三人心神全被吸引，一時忘了去看比先前綠洲大上數倍的神山綠洲。

後隊逐一抵達，都像他們般忘掉一切，齊賞眼前激動人心的美景。

龍鷹指著其中一座山嚷道：「我的娘！你看那像不像一個大蘑菇？傘下足可容十多人避雨。」

風過庭道：「這裡絕不會下雨。」

萬仞雨壓低聲音道：「你們知否正在說漢語？幸好沒人有暇理會你們。」

到綠洲後，眾人一如以往般，戲水作樂，又到湖裡捕魚，準備今晚的野火會。

龍鷹則偕兩個兄弟去探訪古堡。

不論堡牆和主建築，均大致保持完好，是用棕紅色的泥巴，夾著胡楊枝壘砌而成，堡下更有地道，連接著附近的地下倉庫。

風過庭透窗觀看聳立堡西不遠處的烽燧臺，道：「此堡足可駐一千兵。」

萬仞雨蹲在地上，以手指黏起一點塵屑，道：「秘人在此停留過，還燒火取暖。」

龍鷹淡淡道：「若要發動，肯定是今晚夜，他們養精蓄銳，我們則是長途跋涉，筋疲力盡。」

萬仞雨雙目精芒閃爍，道：「應否警告且末人呢？」

龍鷹道：「不！讓他們樂一陣子，再入帳倒頭大睡。」

風過庭道：「我們又如何？難道坐著看你去與秘人打生打死？」

龍鷹道：「我特別到這裡來，是要先一步掌握他們的位置。現時不論實力和策略，我們均落在下風，全面硬撼，是下下之策。幸好小弟已想到解決的方法，就是以不變應萬變。信任我吧！以秘女的才智，定有方法逼得我孤身去面對他們。你們的責任，是要好好保護且末人，使我沒有後顧之憂。」

風過庭向萬仞雨道：「他的話是有道理的，只要想想，正面硬撼下，我們仍是輸多贏少，便知秘女是留有餘地。」

萬仞雨終於同意。

回營地之後，三人加入且末人，圍著最大的湖舉行的野火會，人人唱歌跳舞，情緒高漲。直至午夜，一來因疲倦，更因天氣愈來愈冷，寒風陣陣從神山颳過來，眾人才紛紛入帳休息。

龍鷹三人躲入帳內，都沒有半點睡意，秘人可在任何一刻來犯的壓力，令他們沒法放鬆，哪睡得著？

龍鷹將烏刀掛在背上，另加兩筒三十多支長箭，一副整裝待發的模樣。

萬仞雨忍不住道：「就你一個人，怎麼應付逾百個回到沙漠，就如魚兒回到水裡般的秘人？」

龍鷹微笑道：「他們是小魚，我是最大最強壯、牙齒最鋒利的惡魚。哈！」

風過庭道：「可是這處是他們的地頭。」

龍鷹信心十足的道：「再不是了！」

話猶未已，遠處傳來車輪輾地的異響，接著是驚呼吆喝的聲音。

三人從帳幕撲出。

彩虹等人居住的主營位置，人奔駝走，亂成一片。

三人摸不著頭腦的狂掠而去，遇上正朝神山追去的風漠和十多名手下，喝問道：「發生甚麼事？」

臉上再留不住半點血色的風漠叫道：「聖物給人劫走哩！」

三人朝神山方向瞧去，駭然發覺裝載「聖物」的車子，被一個高大的身影，扯得車子沒入遠方的暗黑去。

龍鷹一把扯著風漠，大喝道：「不要追！此事交給我去辦，天明前一定會將聖物送回來。」

《日月當空》卷十終

新人間 ⑰②

日月當空〈卷十〉

作　者—黃易
主　編—嘉世強
編　輯—邱淑鈴
執行企劃—林貞嫻
校　對—陳錦生、邱淑鈴、黃易
董事長—
發行人—孫思照
總經理—趙政岷
出版者—時報文化出版企業股份有限公司
10803台北市和平西路三段二四〇號三樓
發行專線—（〇二）二三〇六—六八四二
讀者服務專線—〇八〇〇—二三一—七〇五
（〇二）二三〇四—七一〇三
讀者服務傳真—（〇二）二三〇四—六八五八
郵撥—一九三四四七二四時報文化出版公司
信箱—台北郵政七九～九九信箱
時報悅讀網—http://www.readingtimes.com.tw
電子郵件信箱—liter@readingtimes.com.tw
法律顧問—理律法律事務所　陳長文律師、李念祖律師
印　刷—鴻嘉彩藝印刷股份有限公司
初版一刷—二〇一三年八月一日
定　價—新台幣二二〇元
⊙行政院新聞局局版北市業字第八〇號

國家圖書館出版品預行編目（CIP）資料

日月當空 / 黃易著. -- 初版. -- 臺北市：時報文化, 2012.11-
冊；　公分. --（新人間；163-）

ISBN 978-957-13-5795-9（卷10：平裝）

857.9　　101021080

ISBN 978-957-13-5795-9
Printed in Taiwan